KB266444

세상에서 가장 좋은 문장 필사

세상에서 가장 좋은 문장 필사

초판 1쇄 인쇄 2026년 4월 10일
초판 1쇄 발행 2026년 4월 27일

지은이 | 김정민
펴낸이 | 金滇珉
펴낸곳 | 북로그컴퍼니
책임편집 | 한홍비
디자인 | 김승은 박은정
주소 | 서울시 영등포구 영등포로 150, 생각공장 당산 B동 506호
전화 | 02-738-0214
팩스 | 02-738-1030
등록 | 제2010-000174호

ISBN 979-11-6803-146-3 03800

Copyright © 김정민, 2026

· 잘못된 책은 구입하신 곳에서 바꿔드립니다.
· 이 책은 북로그컴퍼니가 저작권자와의 계약에 따라 발행한 책입니다. 저작권법에 의해 보호받는 저작물이므로,
  출판사와 저자의 허락 없이는 어떠한 형태로도 이 책의 내용을 이용할 수 없습니다.

어른의 어휘력과 문해력을 위한 고전 소설의 첫 문장과 명문장 쓰기

세상에서 가장 좋은
문장 필사

북로그컴퍼니

어휘력과 문해력을 높이는 방법,
이 책 안에 있습니다.

바닥을 쳤던 나의 어휘력과 문해력을 고백합니다.

지난해, 나는 세상에서 가장 사랑하고 존경하는 사람을 잃었습니다.

그 상실은 너무 커서, 마음에 큰 구멍이 난 것처럼 느껴졌습니다. 그 틈으로 거친 바람이 스며들어 나를 흔들었습니다. 무너지고, 넘어지고, 버티지 못하는 하루들이 이어졌습니다. 그러다 떠나간 '내 님', 엄마가 이런 딸의 모습을 보면 마음이 얼마나 아프실까 싶었고, 나는 뭐라도 해야겠다는 생각에 이르렀습니다.

소실될 듯한 중심을 다시 찾기 위해, 나는 책을 다시 펼쳤습니다. 세상의 소음을 덜 담고 있으면서도, 지나치게 무겁지 않은 언어를 지닌 고전 소설을 읽기 시작했습니다. 그런데 얼마 지나지 않아, 난관에 부딪혔습니다. **단어의 뜻을 알고는 있었지만 의미가 흐릿했고, 문장을 읽고 있었지만 또렷하게 이해되지 않는 순간들이 반복되었습니다.** 그 감각은 생각보다 두려웠습니다.

엄마는 십 년 동안 치매를 앓았습니다. 엄마의 엄마도 그랬었습니다. 그래서 더 무서웠습니다. "단어가 잘 안 잡힌다. 문장이 잘 이해되지 않는다." 그 말에서 공포를 느꼈다고 하면 너무 과하게 들릴까요? 그렇지만 정말로 그러했네요.

그래서 답을 찾아야 했습니다. 어휘력도 높이고 문해력을 깊게 하는 방법! 그것은 내가 읽고 있는 **고전 소설의 문단을 끊어 읽고, 의미를 곱씹고, 그 문장을 직접 써보는 것이었습니다. 문장을 이루는 단어가 갖는 사전적 의미와 문맥 속에서의 의미를 하나씩 채집하는 작업이었습니다.**

누구에게나 일어나는 일입니다. 노력을 하지 않으면 10대에도 어휘력과 문해력은 무너집니다. 20대와 30대도 마찬가집니다. 물론, 나이가 들수록 그 현상은 더 가속화될 가능성이 높습니다. 그런데 이것들이 무너진다면, 우리는 무엇으로 세상을 이해하며 살아갈 수 있을까요.

나는 알게 되었습니다. 단어와 문장에 대한 이해는, 단순히 많이 읽는다고 좋아지는 것이 아니라는 것을. 한 문장이라도 제대로 다루는 과정 속에서, 이해는 깊어지고 회복되며 다시 만들어집니다. 한 권을 다 읽는 것보다, **한 문장을 제대로 이해하는 일이 더 중요할 수도 있습니다.** 그저 읽기만 하는 것이 아니라, **마음을 담아 반복해서 따라 쓰고, 그 반복이 일상이 될 때, 우리는 비로소 '진짜 문장'을 만나게 됩니다.**

사실 나는 이전에도, 필사를 통해 삶을 버텨낸 적이 있습니다. 십여 년 전, 심한 우울증과 공황장애로 하루하루가 참 힘들었던 시기가 있었습니다. 그때 우연히 '아들러 심리학'을 만났고, 관련 서적을 읽으며 좋은 문장은 마음에 새기려 애썼습니다. 하지만 금세 잊히곤 했습니다.

그래서 시작한 것이 필사였습니다. 이해하려고 쓰고, 버텨내기 위해 쓰고, 살아내기 위해 썼습니다. 그리고 어느 순간, 내 생각과 관점이 바뀌기 시작했습니다. 오랜 시간 나를 괴롭히던 우울과 공황에서 벗어나기 시작했고, 지금은 '진짜 이별' 중입니다.

그 경험을 바탕으로 쓴 책이 바로《오늘, 행복을 쓰다》입니다. 이 책은 15만 명이 넘는 독자에게 선택을 받았고, 필사하며 우울증을 극복했다는 분들을 많이 만났습니다.

지금 이 이야기를 다시 꺼내는 이유는 단 하나입니다. **'필사는 실제로 사람을 바꾼다는 것'을 경험으로 알고 있기 때문입니다.** 같은 방식으로 고전 소설을 읽으며, 나의 어휘력과 문해력 역시 눈에 띄게 달라졌습니다. 그래서 이 책을 쓰기 시작했습니다.

고전 소설의 첫 문장과 명문장 그리고 어휘 노트와 문해력 질문과 답!

고전 소설 가운데에서도, 의미가 깊은 첫 문장과 명문장을 중심으로 필사하며 어휘력과 문해력을 높이는 책. 이 책이 바로 그런 책입니다.

소설의 첫 문장은 독자를 이야기 속으로 끌어들이는 가장 강력한 입구입니다. 단 한 줄로 소설 전체의 분위기를 만들고, 독자가 이야기를 어떤 시선으로 보게 될지를 결정하기도 하고, 다음을 읽을지 그만 둘지를 결정하게 하는 힘을 가집니다. 그래서 첫 문장은 '작품 전체의 설계도'와 같습니다.

명문장은 작가의 생각이 가장 선명하게 드러나는 구절입니다. 이야기의 흐름 속에서 삶과 인간에 대한 작가의 통찰이 가장 압축된 형태로 드러납니다. 이러한 문장들은 책 안에 머물지 않고, 책 밖으로 나와 독자의 삶 속으로 스며들어, 오래 유영하게 됩니다. 결국 그 글을 만난 이의 생각과 태도를 바꾸는 힘을 가지고 있습니다.

본격적으로 책장을 열면, 각 문단마다 '어휘 노트'와 '문해력 질문'을 만나게 됩니다. 그리고 책의 마지막에는 '문해력 질문과 답'을 따로 모아두었습니다. 시중에는 이미 '어휘력과 문해력을 위한 필사책'이 많습니다. 그럼에도 불구하고 내가 이 책을 만들며 자신한 이유가 바로 여기 있습니다. 다른 책에는 없는 구성 요소입니다.

"문장을 그저 따라 쓴다고 어휘력과 문해력이 좋아질까요? 무너진 어휘력과 문해력이 회복될까요?" 고개가 끄덕여지질 않습니다. 그렇게 쉽다면, 많은 분들이 어휘력과 문해력으로 고생하지 않을 겁니다. 제가 구성한 '어휘 노트'와 '문해력 질문과 답'은 이렇습니다.

'어휘 노트'는 문장을 이루는 단어가 가진 사전적 의미와 문맥적 의미를 채집함으로써 희미했던 단어의 의미를 또렷하게 잡게 해줍니다. 고전의 품격 있는 어휘를 내 것으로 만들어 어휘력이 일취월장하는 경험을 선사할 것입니다.

'문해력 질문과 답'은 주어진 문장을 제대로 읽으면 답을 할 수 있는 질문을 하나하나 만들었습니다. 실질적인 문해력 향상에 도움이 될 만한 질문들입니다. PART 3에 실린 각 질문의 답은 '이 질문을 내가 받았다면 나는 어떤 답을 낼까?'라고 생각하며, 직접 한 자 한 자 생각의 층위를 쌓아갔습니다.

읽고, 새기고, 쓰고, 뜯어보며 문장 속으로 함께 가볼까요?

이 책의 원고를 다 쓰고 마지막 마침표를 찍었을 때, 이런 생각이 들었습니다.

"나는 더 많은 문장을 보여주기 위해서가 아니라, **문장을 제대로 이해하게 하기 위해 여기까지 왔구나.** 많이 읽게 하기 위해서가 아니라, 천천히 읽고, 직접 써보게 하기 위해서였구나."

  어휘력과 문해력을 키우고 높이고 싶다면, 그리하여 조금 더 깊고 여유로운 삶을 살고 싶다면, 이 책《세상에서 가장 좋은 문장 필사》와 함께해보시길 권합니다. **이 책은 끝까지 읽는 책이 아니라, 끝까지 써야 완성되는 책입니다. 그 순간, 당신은 이미 달라져 있을 겁니다.**

  고맙습니다. 저도 계속 읽고 또 쓰겠습니다.

2026년 봄 김정민.

하루에도 수십 번 "감사합니다!"를 입버릇처럼 하던
성산면 풀꽃같이 수줍다가도 이내 환하게 웃던 님,
나의 이여사께!

1. 이 책에는 국내외 고전 소설 중 첫 문장과 명문장의 울림이 깊고, 어휘력과 문해력을 높이는 데 도움이 되는 작품들을 엄선하여 실었습니다.

2. 원문의 맛을 살리되 필사의 편의를 고려하여, 흐름을 해치지 않는 범위 내에서 단락을 조정하였습니다. 일부 작품은 현대 맞춤법에 맞춰 표기를 수정하였습니다.

3. '어휘 노트'에는 사전적 의미뿐만 아니라 문맥상 의미까지 깊이 새길 수 있도록 설명을 덧붙였습니다. 문장 사이사이에 숨은 어휘들을 살피며 풍성한 어휘력을 갖추시길 바랍니다.

4. 각 작품 하단에는 '문해력 질문'을 실었습니다. 필사를 마친 뒤 잠시 멈추어 스스로 답을 찾아보는 시간을 가져보시길 권합니다. 질문에 대한 예시 답안은 책의 뒷부분인 'PART 3'에 수록되어 있습니다.

차례

서문 ·· 4

일러두기 ··· 10

<table><tr><td>PART 1</td></tr></table> 고전 소설의 첫 문장

1장. 생각을 깨우는 첫 문장의 맛

001. 위대한 개츠비 **F. 스콧 피츠제럴드** — 고독과 상실의 서막 ················· 20

002. 소나기 **황순원** — 순수하고 애잔한 첫사랑의 기억 ··························· 22

003. 오만과 편견 **제인 오스틴** — 인간관계와 통찰의 정석 ····················· 24

004. 운수 좋은 날 **현진건** — 비극적 복선의 미학 ······························· 26

005. 노인과 바다 **어니스트 헤밍웨이** — 굴복하지 않는 인간의 의지 ············ 28

006. 봄봄 **김유정** — 해학과 토속적 문장의 재미 ································· 30

007. 데미안 **헤르만 헤세** — 자아를 찾는 성장의 고통 ·························· 32

008. 변신 **프란츠 카프카** — 일상의 균열과 실존적 충격 ························ 34

009. 안나 카레니나 **레프 톨스토이** — 행복과 불행에 대한 통찰 ················ 36

010. 사람은 무엇으로 사는가 **레프 톨스토이** — 사랑과 연대의 근원적 질문 ······ 38

011. 호밀밭의 파수꾼 **J.D. 샐린저** — 위선에 맞선 청춘의 방황 ················ 40

012. 감자 **김동인** — 환경이 파괴하는 인간의 존엄 ····························· 42

013. 싯다르타 **헤르만 헤세** — 구도와 깨달음의 여정 ·························· 44

014. 인간 실격 **다자이 오사무** — 존재에 대한 처절한 기록 ····················· 46

015. 1984 **조지 오웰** — 감시 사회에 대한 서늘한 경고 ························ 48

016. 수레바퀴 아래서 **헤르만 헤세** — 제도적 압박 속의 순수한 영혼 ············ 50

017. 동물농장 **조지 오웰** — 권력의 부패와 인간 본성 ························· 52

018. B사감과 러브레터 **현진건** — 억눌린 욕망에 대한 풍자 ················54

2장. 마음을 적시는 첫 문장의 멋

019. 죄와 벌 **표도르 도스토옙스키** — 죄와 구원을 향한 극한의 사유 ················58

020. 고리오 영감 **오노레 드 발자크** — 비정한 사회와 엇나간 부성애 ················60

021. 허클베리 핀의 모험 **마크 트웨인** — 자유를 향한 강물의 여정 ················62

022. 폭풍의 언덕 **에밀리 브론테** — 광기 어린 사랑과 복수의 열망 ················64

023. 연인 **마르그리트 뒤라스** — 첫사랑의 매혹적인 독백 ················66

024. 다섯째 아이 **도리스 레싱** — 평화 속에 숨겨진 낯선 공포 ················68

025. 여름 **이디스 워튼** — 찬란하고 짧았던 청춘의 계절 ················70

026. 크리스마스 캐럴 **찰스 디킨스** — 용서와 나눔의 마법 같은 여정 ················72

027. 농담 **밀란 쿤데라** — 역사의 부조리가 빚어낸 운명 ················74

028. 변신 이야기 **오비디우스** — 모든 이야기의 시원이자 원형 ················76

029. 날개 **이상** — 분열된 자의식의 현대적 선언 ················78

030. 지하생활자의 수기 **표도르 도스토옙스키** — 내면의 모순과 심연의 기록 ················80

031. 벙어리 삼룡이 **나도향** — 억눌린 본능의 비극적 숭고함 ················82

032. 백년 동안의 고독 **가브리엘 가르시아 마르케스** — 인간 존재의 근원적 고독 ················84

033. 구운몽 **김만중** — 인생무상과 삶의 본실 ················86

034. 설국 **가와바타 야스나리** — 허무 속에서 발견한 탐미적 미학 ················88

035. 무진기행 **김승옥** — 허무의 안개 속 자아 성찰 ················90

036. 나르치스와 골드문트 **헤르만 헤세** — 지성과 감성이 이룬 인간의 총체성 ················92

037. 파리대왕 **윌리엄 골딩** — 고립된 인간 본성의 민낯 ················94

3장. 삶이 깊어지는 첫 문장의 힘

038. 이방인 **알베르 카뮈** — 부조리한 세계의 서막 ················98

039. 모비딕 **허먼 멜빌** — 운명에 맞서는 불굴의 집념 ·················· 100

040. 댈러웨이 부인 **버지니아 울프** — 찰나의 순간과 의식의 흐름 ·············· 102

041. 참을 수 없는 존재의 가벼움 **밀란 쿤데라** — 존재의 무게에 대한 방황 ·········· 104

042. 생의 한가운데 **루이제 린저** — 시련을 껴안는 주체적인 삶 ················ 106

043. 면도날 **서머싯 몸** — 진리를 찾아 떠나는 지적 모험 ················ 108

044. 이선 프롬 **이디스 워튼** — 차가운 겨울 속 비극적 열망 ················ 110

045. 개를 데리고 다니는 여인 **안톤 체호프** — 일상 속에 찾아온 진실한 감정 ·········· 112

046. 코 **아쿠타가와 류노스케** — 타인의 시선과 허영의 비애 ················ 114

047. 두 도시 이야기 **찰스 디킨스** — 혁명 속의 숭고한 희생과 사랑 ·············· 116

048. 게잡이 공선 **고바야시 다키지** — 극한에서 깨어난 저항 정신 ·············· 118

049. 나는 고양이로소이다 **나쓰메 소세키** — 고양이의 눈으로 본 지식인의 위선 ·········· 120

050. 모래의 여자 **아베 코보** — 사라진 일상과 실존적 공포 ················ 122

051. 네루다의 우편 배달부 **안토니오 스카르메타** — 은유가 일깨운 삶의 경이 ·········· 124

052. 인간의 굴레에서 **서머싯 몸** — 방황 끝에 도달한 삶의 긍정 ·············· 126

053. 롤리타 **블라디미르 나보코프** — 집착과 욕망의 유려한 묘사 ·············· 128

054. 설득 **제인 오스틴** — 시간이 증명한 진실한 사랑 ················ 130

055. 제인 에어 **샬럿 브론테** — 자유로운 인간의 선언 ·················· 132

PART 2　고전 소설의 명문장

4장. 온기를 채우는 따스한 명문장

056. 어린 왕자 **생텍쥐페리** — 가장 중요한 것은 눈에 보이지 않아 ·············· 138

057. 빨간머리 앤 **루시 모드 몽고메리** — 내일은 아직 아무것도 실수하지 않은 새날 ········· 140

058. 아낌없이 주는 나무 **쉘 실버스타인** — 조건 없는 사랑이 주는 평온함 ·············· 142

059. 키다리 아저씨 **진 웹스터** — 현재를 즐겁게 사는 것이 행복의 비결 ·············· 144

060. 비밀의 화원 **프란시스 호지슨 버넷** — 마음을 가꾸면 세상도 꽃을 피운다 ·············· 146

061. 작은 아씨들 **루이자 메이 올컷** — 폭풍 속에서도 돛을 펴는 용기 ················ 148

062. 꽃들에게 희망을 트리나 폴러스 — 진정한 나를 찾기 위한 변화의 고통 ·········· 150

063. 이상한 나라의 앨리스 루이스 캐럴 — 어디로 갈지는 내가 정하는 것 ············· 152

064. 소공녀 프란시스 호지슨 버넷 — 어떤 상황에서도 잃지 않는 품위 ············· 154

065. 꿀벌 마야의 모험 발데마르 본젤스 — 낯선 세상을 향한 순수한 호기심 ············ 156

066. 버드나무에 부는 바람 케네스 그레이엄 — 흐르는 강물처럼 평화로운 일상 ········· 158

067. 사랑의 학교 에드몬도 데 아미치스 — 마음과 마음이 이어지는 따뜻한 연대 ············ 160

068. 안네의 일기 안네 프랑크 — 어둠 속에서도 끝내 잃지 않은 희망 ··············· 162

069. 작은 집 버지니아 리 버튼 — 변해가는 세상 속 변치 않는 가치 ················ 164

070. 좁은 문 앙드레 지드 — 도덕적 절제와 숭고한 사랑 사이의 갈등 ············· 166

5장. 열정을 더하는 뜨거운 명문장

071. 젊은 베르테르의 슬픔 요한 볼프강 폰 괴테 — 영혼을 뒤흔드는 순수한 열정 ········· 170

072. 오만과 편견 제인 오스틴 — 편견을 넘어 진실에 이르는 길 ················· 172

073. 달과 6펜스 서머싯 몸 — 세속을 등지고 예술적 이상을 좇는 광기 ··············· 174

074. 그리스인 조르바 니코스 카잔차키스 — 거침없이 살아가는 자유로운 영혼의 춤 ········ 176

075. 메밀꽃 필 무렵 이효석 — 달빛 아래 펼쳐진 시적인 인연의 흔적 ················ 178

076. 주홍글씨 나다니엘 호손 — 억압된 사회와 인간 본성의 갈등 ··············· 180

077. 무진기행 김승옥 — 제의 민낯 속을 거니는 현대인의 고독 ············· 182

078. 안나 카레니나 레프 톨스토이 — 삶의 무게를 견디는 사랑과 고통 ················ 184

079. 부활 레프 톨스토이 — 죄의 고백을 통해 얻는 영혼의 정화 ················· 186

080. 전쟁과 평화 레프 톨스토이 — 거대한 역사 속 개인의 운명과 가치 ··············· 188

081. 싯다르타 헤르만 헤세 — 자신만의 길을 찾아가는 고요한 구도 ················ 190

082. 호밀밭의 파수꾼 J.D. 샐린저 — 위선적인 세상을 향한 진솔한 저항 ··············· 192

083. 나의 라임 오렌지 나무 J.M. 바스콘셀로스 — 아픔을 통해 성숙해지는 이별과 사랑 ·· 194

084. 갈매기의 꿈 리처드 바크 — 한계를 넘어 더 높이 날아오르는 의지 ················ 196

085. 참을 수 없는 존재의 가벼움 밀란 쿤데라 — 반복되는 삶의 무게에 대한 질문 ······ 198

6장. 마음이 단단해지는 명문장

086. 데미안 **헤르만 헤세** — 내면의 신을 찾아가는 치열한 투쟁 ·················· 202

087. 이방인 **알베르 카뮈** — 부조리한 세상 앞의 당당한 고독 ·················· 204

088. 변신 **프란츠 카프카** — 실존의 상실을 통해 본 인간의 본질 ·················· 206

089. 암흑의 핵심 **조지프 콘래드** — 인간 내면 깊숙이 감춰진 어두운 본성 ·················· 208

090. 인간의 굴레에서 **서머싯 몸** — 삶의 속박을 벗어던진 진정한 자유 ·················· 210

091. 생의 한가운데 **루이제 린저** — 어떤 시련 앞에서도 굴복하지 않는 생명력 ·················· 212

092. 농담 **밀란 쿤데라** — 사소한 우연이 빚어낸 운명의 부조리함 ·················· 214

093. 어머니 **막심 고리키** — 고난 속에서 깨어나는 숭고한 저항 ·················· 216

094. 아무도 미워하지 않는 자의 죽음 **잉게 숄** — 신념을 위해 죽음 앞에 선 용기 ······· 218

095. 동물농장 **조지 오웰** — 권력의 민낯과 변치 않는 인간의 본성 ·················· 220

096. 변신 이야기 **오비디우스** — 영원히 변화하는 만물의 이치 ·················· 222

097. 사람은 무엇으로 사는가 **레프 톨스토이** — 우리를 살게 하는 사랑의 힘 ·················· 224

098. 노인과 바다 **어니스트 헤밍웨이** — 파멸할지언정 패배하지 않는 의지 ·················· 226

099. 허클베리 핀의 모험 **마크 트웨인** — 관습을 뚫고 흐르는 자유의 물결 ·················· 228

100. 제인 에어 **샬럿 브론테** — 독립된 의지를 가진 자유로운 인간 ·················· 230

PART 3   문해력 질문과 답

문해력 질문과 답 ·················· 234

어린 적 아버지가 해준 조언이 있다.

그 말은 지금도 내 마음속에 남아 있다.

"남을 비판하고 싶을 때는 먼저 이 점을

세상 모든 이가 너처럼 좋은 환경에서 자

건 터널을 빠져나오자, 설국이었다.

밤바닥이 하얗게 떠올랐다.

는 신호소에 멈춰 섰다.

PART 1

고전 소설의 첫 문장

맛있는 음식을 먹으면 혀의 미뢰가 살아나듯, 이곳의 첫 문장들은 무뎌진 어휘의 감각을 자극합니다. 우리 뇌는 익숙한 상황에서는 에너지를 쓰지 않습니다. 하지만 우리가 알던 상식을 뒤집는 문장을 만나면 뇌는 즉각 '비상사태'를 선언하고 생각을 가동합니다.

우리가 '단어의 뜻을 잘 모르겠다. 문장이 이해가 안 된다.'고 느끼는 건 어휘와 문장이 어려워서가 아니라, 어휘와 어휘 그리고 문장을 연결하는 '생각의 근육'이 잠시 잠들었기 때문입니다.

《위대한 개츠비》는 "어릴 적 아버지가 해준 조언이 있다."라는 첫 문장으로 시작합니다. 이 문장을 읽는 순간, 우리는 '그 조언이 대체 무엇일까?' 궁금해하다가도, 이내 화살표는 나 자신을 향합니다. '나의 아버지는 나에게 어떤 조언을 해주셨더라…' 하고 기억을 더듬게 되는 것이죠. 따뜻한 조언이 떠올라 입가에 미소가 번질 수도 있고, 마땅한 기억이 없어 조금은 씁쓸해질지도 모릅니다. 하지만 기분이 좋든 씁쓸하든, 그 짧은 찰나에 우리의 생각 근육은 이미 전기 충격을 받은 듯 깨어나 움직이기 시작하게 된 겁니다.

《변신》은 "어느 날 아침, 그레고르 잠자는 불안한 꿈에서 깨어났을 때, 자신이 한 마리의 흉측한 해충으로 변해 있음을 깨달았다."는 첫 문장으로 시작합니다. 이는

'사람이 잠에서 깨면 사람이어야 한다.'는 당연한 전제에 반기를 들음으로써, 우리로 하여금 '왜?' '이게 대체 무슨 의미지?'라는 질문을 품게 만듭니다.

《안나 카레니나》는 "행복한 가정은 모두 서로 닮아 있지만, 불행한 가정은 저마다의 방식으로 불행하다."로 시작합니다. '행복'과 '불행'이라는 평범한 단어를 교차·대비했을 뿐인데, 이 글을 읽는 순간 내 가정과 주변의 가정들을 떠올리게 됩니다. 우리의 뇌가 분류와 분석을 시작하게 되는 것입니다.

이렇듯, 잠들어 있던 우리의 생각을 깨우는 첫 문장을 읽는 순간, 여러분은 어휘력과 문해력의 회복 궤도에 이미 진입한 것이랍니다. 축하합니다. 이 세계에 오신 걸!

어릴 적 아버지가 해준 조언이 있다.

그 말은 지금도 내 마음속에 남아 있다.

"남을 비판하고 싶을 때는 먼저 이 점을 기억해라.

세상 모든 이가 너처럼 좋은 환경에서 자란 건 아니라는 것을."

아버지는 더 이상 말씀하지 않으셨다.

하지만 우리 부자 사이에는 언제나

서로를 이해하는 교감이 있었다.

나는 그 말씀의 의미를 충분히 이해했고,

그래서 판단을 유보하는 습관을 갖게 되었다.

그래서일까,

별난 성격을 가진 사람들이 내게 비밀을 털어놓곤 했다.

평범한 사람들은 지루했지만,

비정상적인 사람들에게는 적대감을 느꼈다.

어휘 노트 교감(交感): 말하지 않아도 서로의 생각이나 느낌이 통하다.
유보(留保)하다: 판단이나 결정을 당장 내리지 않고 뒤로 미루다.

문해력 질문 주변의 별난 사람들이 화자에게 자신의 비밀을 털어놓는 이유는 무엇일까요?

《위대한 개츠비》

F. 스콧 피츠제럴드 | 미국
1920년대 미국 재즈 시대를 배경으로, 오직 한 여자를 되찾기 위해 막대한 부를 쌓은 제이 개츠비의 비극적 사랑과 아메리칸 드림의 허상을 그린 걸작. 화자 닉 캐러웨이의 시선을 통해 인간의 욕망과 도덕적 타락을 섬세하게 묘사하고 있다.

소년은 개울가에서 소녀를 보자

곧 윤초시네 증손녀딸이라는 걸 알 수 있었다.

소녀는 개울에다 손을 담그고 물장난을 하고 있는 것이다.

서울에서는 이런 개울물을 보지 못하기나 한 듯이.

벌써 며칠째 소녀는 학교에서 돌아오는 길에 물장난이었다.

그런데 어제까지는 개울 기슭에서 하더니

오늘은 징검다리 한가운데 앉아서 하고 있다.

소년은 개울둑에 앉아버렸다.

소녀가 비키기를 기다리자는 것이다.

요행 지나가는 사람이 있어

소녀가 길을 비켜주었다.

어휘 노트　기슭: 바다, 강, 못 따위의 물과 닿아 있는 땅의 가장자리.
징검다리: 개울에 돌을 듬성듬성 놓아 건너다니게 만든 다리.
개울둑: 개울가에 흙으로 쌓아 올린 둑.

문해력 질문　이 글 전반에 흐르는 소년의 감정은 어떠한가요?

《소나기》

황순원 | 한국

시골 소년과 서울에서 온 소녀의 짧지만 순수한 첫사랑을 한 편의 수채화처럼 그려낸 단편 소설. 개울가라는 상징적인 공간을 배경으로 두 아이의 섬세한 심리 변화를 서정적인 문체로 담아낸다. 갑작스러운 소나기처럼 찾아왔다 사라진 만남과 이별의 과정을 통해, 유년기의 순수함과 상실의 아픔을 절제된 언어로 갈무리한 한국 서정 소설의 백미이다.

재산이 많은 독신 남자에게 아내가 꼭 필요하다는 것은
누구나 인정하는 진리다.
이 생각은 사람들의 머릿속에 깊이 뿌리박혀 있어서,
그런 남자가 동네에 이사 오면
그의 속마음이야 어떻든 상관없이
이웃들은 그를 자기네 딸 중 하나가 차지해야 할
재산쯤으로 여긴다.
"여보, 네더필드 파크에 세 들어올 사람이 정해졌대요."
"그렇소? 나는 금시초문이오."

어휘 노트　금시초문(今時初聞): 바로 지금 처음으로 들음.

문해력 질문　'재산이 많은 독신 남자에게 아내가 꼭 필요하다는 것은 누구나 인정하는 진리다.'는 어떤 의미일까요?

《오만과 편견》

제인 오스틴 | 영국
18세기 영국 시골 마을을 배경으로, 결혼을 둘러싼 인간들의 속물근성과 남녀 주인공이 서로에 대한 오만과 편견을 극복하며 진정한 사랑에 이르는 과정을 재치 있게 그린 연애 소설의 고전. 오해를 풀고 진실한 내면을 마주하는 과정을 통해 인간 본성에 대한 깊은 통찰을 보여주고 있다.

새침하게 흐린 품이 눈이 올 듯하더니

눈은 아니 오고 얼다가 만 비가

추적추적 내리는 날이었다.

이날이야말로 동소문 안에서 인력거꾼 노릇을 하는

김 첨지에게는 오래간만에 닥친 운수 좋은 날이었다.

문안에 들어간다시는 앞집 마님을

전찻길까지 모셔다 드린 것을 비롯으로,

행여나 손님이 있을까 하고 정류장에서 어정어정하며

내리는 사람 하나하나에게

거의 비는 듯한 눈결을 보내고 있다가

마침내 교원인 듯한 양복쟁이를

동광학교까지 태워다 주기로 되었다.

어휘 노트   새침하다: 날씨 따위가 푸근하지 못하고 조금 쌀쌀하다는 뜻의 북한어.
어정어정하다: 키가 큰 사람이나 짐승이 다리를 크게 벌리고 천천히 걷는 모양. 여기서는 김 첨지가 손님을 기다리며 정류장 주변을 서성이는 모습을 나타냄.

문해력 질문   아침부터 앞집 마님과 양복쟁이를 인력거 손님으로 맞아 운수가 좋아 보이는 날이지만, 사실 그날은 김 첨지에게 아주 불길하고 슬픈 날이 되고야 맙니다. 본문 중 김 첨지에게 안 좋은 일이 생길 거라는 징조를 알리는 부분은 어디일까요?

《운수 좋은 날》

현진건 | 한국
인력거꾼 김 첨지의 어느 하루를 통해 일제강점기 하층민의 비참한 삶을 사실적으로 그린 소설. 소설 전반
에 흐르는 운수 좋은 사건들이 결국 아내의 죽음이라는 비극을 극대화하는 반어적 장치로 사용되었다.

005 노인과 바다

그는 멕시코 만류가 흐르는 바다에서

작은 배를 타고 홀로 고기를 잡는 노인이었다.

이미 84일째 단 한 마리의 고기도 잡지 못하고 있었다.

처음 40일 동안은 한 소년이 그와 함께 있었다.

그러나 40일 동안 고기를 잡지 못하자

소년의 부모는 그 노인이 이제 완전히 '살라오',

즉 가장 지독하게 운이 없는 상태라고 단정했고,

소년은 부모의 말에 따라 다른 배로 옮겨 갔다.

어휘 노트 만류(灣流): 만(灣)에서 흘러나오는 해류. 이 문장의 '멕시코 만류'는 멕시코만에서 북동쪽으로 흐르는 세계에서 가장 강한 해류 중 하나를 뜻함. 이 해류는 바다의 생태계에 큰 영향을 미치며, 소설 속 노인이 거대한 청새치와 사투를 벌이는 주된 배경이 됨.
살라오(Salao): 운이 다해 최악의 상태에 빠진 것을 뜻하는 스페인어.

문해력 질문 글에서 느껴지는 노인의 현재 상황은 어떠한가요?

《노인과 바다》

어니스트 헤밍웨이 | 미국
쿠바의 노어부 산티아고가 바다 한가운데서 거대한 청새치와 사투를 벌이는 과정을 그린 소설. 인간의 불굴의 의지와 존엄을 간결하고 힘 있는 문체로 담아낸 작품으로, 삶의 한계 속에서도 포기하지 않는 인간 정신을 보여준다.

“장인님! 인젠 저……”

내가 이렇게 뒤통수를 긁고, 나이가 찼으니

성례를 시켜 주어야 하지 않겠느냐고 하면 대답이 늘,

“이 자식아! 성례구 뭐구 미처 자라야지!” 하고 만다.

이 자라야 한다는 것은

내가 아니라 장차 내 아내가 될 점순이의 키 말이다.

내가 여기에 와서 돈 한 푼 안 받고 일하기를 삼 년 하고

꼬박이 일곱 달 동안을 했다.

그런데도 미처 못 자랐다니까

이 키는 언제야 자라는 겐지 짜장 영문 모른다.

일을 좀 더 잘해야 한다든지

혹은 밥을 좀 덜 먹어야 한다든지 하면

나도 얼마든지 할 말이 많다.

하지만 점순이가 아직 어리니까 더 자라야 한다는

여기에는 어찌 볼 수 없이 그만 벙벙하고 만다.

어휘 노트

성례(成禮): 혼례를 치름. 결혼함.

짜장: ‘과연’, ‘정말로’라는 뜻의 순우리말이자 표준어.

벙벙하다: 어리둥절하여 얼빠진 사람처럼 멍하다.

문해력 질문

점순이의 키가 자라야 한다는 핑계를 대며 성례를 미루는 장인의 진짜 속셈은 무엇일까요?

《봄 봄》

김유정 | 한국
데릴사위로 들어와 돈 한 푼 받지 않고 머슴처럼 일하는 순박한 주인공과, 딸의 키를 핑계로 성례를 미루며
노동력을 착취하는 교활한 장인의 갈등을 해학적으로 그린 소설. 강원도 방언과 익살스러운 문체를 통해
농촌의 삶을 사실적으로 묘사했다.

열 살 무렵, 나는 작은 도시의 라틴어 학교에 다녔는데,

그때 이야기를 하려고 한다.

기억이 생생하다.

마음 깊숙한 곳에서 아픔과 떨림이 일어난다.

어스름한 골목길과 햇빛 가득한 집들,

높은 탑과 울려 퍼지는 종소리,

몇몇 사람들의 얼굴이 스쳐 지나간다.

어떤 방은 포근하고 안락했고,

어떤 방은 비밀스럽고 무서웠다.

비좁은 공간의 퀴퀴한 냄새,

집안 곳곳에 배어 있던 삶의 자취가 밴 내음,

약초와 건과일 향이 뒤섞였다.

ㄱ 시절, 두 개의 세계는 교차하고 있었다.

어휘 노트 어스름하다: 빛이 조금 어둑하다.
내음: 코로 맡을 수 있는 나쁘지 않은 냄새.

문해력 질문 화자가 말하는 두 개의 세계는 무엇을 의미할까요?

《데미안》

헤르만 헤세 | 독일

소년 에밀 싱클레어가 친구 데미안을 만나 정신적 성장을 이루어가는 과정을 그린 성장 소설. 선과 악, 빛과 어둠의 세계를 넘어서는 자아 발견의 이야기. 한 존재가 자신만의 세계를 깨고 나와 진정한 나를 찾아가는 치열한 여정을 상징적인 문체로 묘사하고 있다.

어느 날 아침,

그레고르 잠자는 불안한 꿈에서 깨어났을 때

자신이 한 마리의 흉측한 해충으로

변해 있음을 깨달았다.

그는 단단한 등껍질을 바닥에 대고 누워 있었고,

고개를 조금 들어 올리자

활 모양으로 갈라진 갈색 배가 눈에 들어왔다.

그 위에는 이불이 금방이라도 미끄러져 떨어질 듯

아슬아슬하게 덮여 있었다.

몸에 비해 형편없이 가느다란 여러 개의 다리는

힘없이 허우적거리며 그의 눈앞을 어지럽혔다.

어휘 노트　흉측(凶測)하다: 모습이나 성질 따위가 흉악하고 고약하다.

문해력 질문　그레고르가 가장 먼저 인식한 자신의 변화는 무엇인가요?

《변신》

프란츠 카프카 | 체코
어느 날 아침, 평범한 영업 사원 그레고르 잠자가 거대한 벌레로 변해버린 사건을 통해 존재의 불안과 소외를 탐구한 현대 문학의 대표작. 벌레가 된 아들을 향한 가족들의 냉혹한 시선을 통해 자본주의 사회 속 인간관계의 허구성을 고발한다.

행복한 가정은 모두 서로 닮아 있지만,
불행한 가정은 저마다의 방식으로 불행하다.
오블론스키의 집은 모든 것이 뒤죽박죽이었다. 아내는 남편이 전에 자기 집 가정교사였던 프랑스 여자와 바람을 피웠다는 사실을 알게 되었고, 남편에게 더 이상 한집에서 살 수 없다고 선언했다. 이런 상황이 사흘째 이어지자 당사자인 부부뿐 아니라 가족과 하인들 모두가 고통스러워했다. 그들은 함께 사는 것이 무의미하다고 느꼈으며, 여인숙에서 우연히 만난 사람들조차 오블론스키 가문의 식구들이나 하인들보다 서로 더 깊은 유대감을 가질 것이라고 생각했다. 아내는 방에서 나오지 않았고, 남편은 사흘째 집을 비웠다.

어휘 노트 　유대감(紐帶感): 둘 이상의 사람 사이에서 마음이나 운명이 서로 연결되어 있다는 느낌.

문해력 질문 　왜 톨스토이는 행복한 가정은 비슷하고, 불행한 가정은 저마다 다르다고 했을까요?

《안나 카레니나》

레프 톨스토이 | 러시아

러시아 상류 사회의 귀부인 안나가 금지된 사랑에 빠지며 겪는 파멸과 고뇌를 중심으로, 다양한 인물들의 삶을 통해 인간의 욕망과 도덕, 사랑과 삶의 의미를 탐구한 대하소설. 사실주의 문학의 정점으로 평가받는 작품이다. "행복한 가정은 모두 엇비슷하고, 불행한 가정은 불행한 이유가 제각각 다르다"는 통찰을 통해 인간 삶의 복잡한 이면을 세밀하게 묘사하고 있다.

010 사람은 무엇으로 사는가

한 구두 수선공이 아내와 아이들을 데리고
동네 농가에서 셋방살이를 하고 있었다.
자기 소유의 집도 땅도 없이
오직 구두를 고쳐 주는 일로 생계를 꾸렸다.
빵값은 비싼데,
그에 비해 노동의 가치는 너무나도 보잘것없었다.
그가 벌어들인 돈은 거의 다 먹고사는 데 썼다.
그의 집에는 털외투 한 벌이 있었는데,
오래되어 누더기가 되었지만,
그마저도 부부가 함께 입어야만 했다.
새 털외투를 만들 양가죽을 사야겠다고 생각한 지
벌써 2년이 흘렀다.

   누더기: 해어져서 너덜너덜해진 헌 옷.

   이 글에서 어떤 대목이 구두 수선공의 가난을 가장 극명하게 보여주고 있나요?

《사람은 무엇으로 사는가》

레프 톨스토이 | 러시아
가난한 구두 수선공 세묜이 추위에 떨던 천사 미하일을 구하며 벌어지는 이야기를 담은 기독교적 인본주의 소설. 천사가 지상에서 마주한 세 가지 질문을 통해 인간의 마음속에 깃든 사랑의 본질과 삶을 지탱하는 진정한 힘이 무엇인지 보여준다.

정말로 내 이야기를 듣고 싶다면,

아마 내가 어디서 태어났는지,

내 어린 시절이

얼마나 엉망이었는지 같은 이야기부터

알고 싶을 것이다.

말하자면 데이비드 코퍼필드 식의

시시껄렁한 이야기들 말이다.

하지만 솔직히 말해서,

나는 그런 이야기들을 늘어놓고 싶지 않다.

우선 그런 것들은 딱 질색인 데다,

만약 내가 부모님의 개인적인 사생활까지

시시콜콜 떠벌린다면

우리 부모님은 아마 뒷목을 잡고 쓰러지실 것이

분명하기 때문이다.

어휘 노트　데이비드 코퍼필드 식: 찰스 디킨스의 자전적 성장소설 《데이비드 코퍼필드》처럼, 주인공의 유년기부터 성인기에 이르는 삶과 고난을 1인칭 회고 형식으로 서술하는 전형적인 성장 서사 방식. 문장이 장황하고 전형적이라는 의미로 풍자에 사용되기도 한다.

문해력 질문　화자 홀든이 자신의 출생이나 부모님의 과거 같은 구체적인 배경을 말하고 싶어 하지 않는 이유는 무엇일까요?

《호밀밭의 파수꾼》

J.D. 샐린저 | 미국
퇴학을 당하고 뉴욕 거리를 방황하는 소년 홀든의 시선을 통해, 기성세대의 위선과 순수의 상실을 그린 소설. "어디론가 떨어지려는 아이들을 붙잡아주는 파수꾼이 되고 싶다."는 소년의 고백을 통해 현대인의 소외와 진실한 소통에 대한 갈망을 투박하면서도 진솔하게 그려낸 작품.

012 감자

싸움, 간통, 살인, 도적, 구걸, 징역.

이 세상의 모든 비극과 활극의 근원지인,

칠성문 밖 빈민굴로 오기 전까지는,

복녀의 부처(夫妻), 사농공상의 제2위에 드는 농민이었다.

복녀는, 원래 가난은 하나마 정직한 농가에서 규칙 있게 자라난 처녀였다.

이전 선비의 엄한 규율은 농민으로 떨어지자부터 없어졌다 하나,

그러나 어딘지는 모르지만

딴 농민보다는 좀 똑똑하고 엄한 가풍이 그의 집에 그냥 남아 있었다.

그 가운데서 자라난 복녀는 물론 다른 집 처녀들과 같이

여름에는 벌거벗고 개울에서 멱감고,

바짓바람으로 동리를 돌아다니는 것을 예사로 알기는 알았지만,

그러나 그의 마음속에는 막연하나마

도덕이라는 것에 대한 저픔을 가지고 있었다.

어휘 노트   칠성문(七星門): 평양 성문.
부처(夫妻): 남편과 아내를 아울러 이르는 말.
사농공상(士農工商): 전통적인 사회 계급 질서.
저픔: '두려움'이나 '꺼림칙함'을 뜻하는 옛말.

문해력 질문   지금 당신이 마주한 복녀는 어떤 여인인가요? 빈민굴의 거친 바람에 휩쓸린 비극적인 여인인가요, 아니면 그 속에서도 '도덕'이라는 희미한 불빛을 지키려는 강인한 여인인가요? 당신의 눈에 비친 복녀의 모습과 그 이유를 자유롭게 써보세요.

《감자》

김동인 | 한국

싸움과 구걸이 일상인 빈민굴로 흘러 들어온 주인공 '복녀'가 생존을 위해 본래의 도덕성을 잃고 타락해가는 과정을 서늘하게 그려낸 한국 근대 소설의 걸작이다. 인간의 존엄성이 환경에 의해 어떻게 파괴되는지를 사실적으로 보여준다.

013 싯다르타

집의 응달에서, 배들이 떠 있는 강둑의 햇살 속에서,

살구나무 숲의 그늘과 무화과나무 그늘 아래서

브라만의 잘생긴 아들 싯다르타는

역시 브라만의 아들인 친구 고빈다와 함께 자라났다.

강가에서 목욕을 하고, 성스러운 정화 의식과 제물을 바칠 때

그의 하얀 어깨는 햇볕에 구릿빛으로 그을렸다.

망고나무 수풀 속에서 사내아이들과 놀이를 할 때,

어머니의 노랫소리를 들을 때,

성스러운 제사가 치러질 때,

학자인 아버지가 가르침을 줄 때,

그리고 현자들의 대화를 들을 때

그의 검은 눈동자 속으로 그림자가 쏟아져 들어왔다.

이미 오래전부터 현자들의 토론에 참여해 왔으며,

고빈다와 함께 토론법을 배웠고

성찰의 기술과 명상의 예법을 익혀 왔다.

어휘 노트

브라만: 인도의 카스트제도에서 가장 높은 승려 계급. 지식과 제례를 관장하며 가장 존경받는 위치를 의미.

싯다르타: 원래는 출가하기 전 석가모니 부처의 본명. 이 소설에서는 부처와 동시대를 살며 자신만의 진리를 찾아 고뇌하고 방황하는 주인공의 이름. '목적을 달성한 자'라는 뜻.

현자(賢者): 어질고 총명하여 성인에 다음가는 사람.

문해력 질문

위 글에서 느껴지는 싯다르타의 성장 배경은 어떠한가요?

《싯다르타》

헤르만 헤세 | 독일

브라만의 아들 싯다르타가 안락한 삶과 종교적 가르침을 떠나, 자신의 경험을 통해 진정한 자아와 세계의 본질에 이르는 과정을 그린 철학 소설. 지식이 아닌, 체득한 지혜의 가치를 전하는 작품.

부끄러움 많은 생애를 살아왔습니다.

저는 인간의 삶이라는 것을 도무지 이해할 수 없습니다.

정거장의 육교를 처음 보았을 때,

그것이 단순히 사람들을 위한 통로라는 사실을

깨닫지 못했습니다.

그저 즐거운 시설이라고만 여겼습니다.

하지만 그것이

실용적인 구조물에 불과하다는 것을

알게 되었을 때,

모든 흥미가 사라졌습니다.

문해력 질문　화자는 왜 모든 흥미가 사라졌을까요?

《인간 실격》

다자이 오사무 | 일본
타인과 세상의 위선에 적응하지 못한 채 스스로를 '인간 자격이 없는 존재'로 규정하며 파멸해가는 한 남자
의 내밀한 고백을 담은 소설. 가면을 쓰고 살아가야만 하는 인간 존재의 근원적인 고독과 불안, 그리고 타인
에 대한 공포를 주인공 요조의 수기 형식을 통해 처절하게 파헤친다.

4월의 어느 날,

하늘은 맑았으나 공기는 아직 차가웠다.

시계들이 열세 번의 종을 울리고 있었다.

윈스턴 스미스는 매서운 바람을 피해

턱을 가슴 깊이 묻은 채,

승리 맨션의 유리문 안으로

재빨리 몸을 밀어 넣었다.

미처 막을 틈도 없이,

모래 섞인 바람이

그의 뒤를 바짝 따라 들어왔다.

문해력 질문 시계가 열세 번 울렸다는 사실은 이 소설 속 세상이 어떤 곳임을 암시하고 있나요?

《1984》

조지 오웰 | 영국
개인의 사생활과 사유마저 감시당하는 전체주의 사회의 공포를 그린 예언적 소설. '빅 브라더'의 감시 아래
인간성을 상실해가는 윈스턴 스미스의 저항을 통해서, 자유와 진실의 가치가 얼마나 깨지기 쉬운 것인지를
경고한다.

요제프 기벤라트는 중개업과 대리업을 하는 사람이었다.

마을의 다른 사람들과 견주어 보면

그에게 특별한 장점이나 두드러진 개성은 없었다.

여느 남자들처럼 넓은 어깨에 튼튼한 체격을 지녔다.

장사 수완은 제법 괜찮았고, 돈의 가치를 아는 현실적인 사람이었다.

작은 정원이 딸린 집을 소유했고,

조상 대대로 이어져 온 가족 묘지도 있었다.

종교적 의례는 형식적으로 따랐을 뿐 진지하지는 않았다.

신과 관청에 대해서는 적당한 존경심을 표했고,

시민사회의 불문율에 대해서는 지나칠 정도로 순종적이었다.

술을 즐기기는 했으나 취한 적은 한 번도 없었다.

가끔 눈살을 찌푸리게 하는 일을 벌이기도 했지만,

사회가 허용하는 범위를 넘어서지는 않았다.

가난한 사람들에게는 거지라고 욕했고,

부유한 사람들에게는 벼락부자라고 비아냥댔다.

어휘 노트　　견주다: 서로 비교하다.

불문율(不文律): 명문화되지 않았지만 사회적으로 지켜지는 규칙.

문해력 질문　　요제프 기벤라트는 어떤 사람으로 보이나요?

《수레바퀴 아래서》

헤르만 헤세 | 독일
엄격한 가톨릭 신학교의 규율과 어른들의 기대라는 수레바퀴에 깔려 신음하는 천재 소년 한스 기벤라트의
비극을 그린 성장 소설. 자연을 사랑하던 순수한 소년이 제도 교육의 압박 속에서 어떻게 파괴되어 가는지
를 섬세하게 묘사하고 있다.

동물 농장

그날 밤,

메이너 농장 주인 존스는 닭장 문을 걸어 잠그긴 했으나

술에 취한 탓에 안쪽의 작은 구멍을 닫는 걸 깜빡했다.

비틀거리며 마당을 가로지를 때

그의 손에 들린 등잔의 불빛도 이리저리 흔들렸다.

집으로 통하는 뒷문에서 장화를 벗어 던지고,

부엌 술통에서 맥주 한 잔을 마지막으로 들이켠 뒤,

침실로 향했다.

아내는 벌써 잠들어 코를 골고 있었다.

문해력 질문　닭장의 작은 구멍을 닫는 것을 깜빡한 결과, 어떤 일이 벌어질까요?

《동물농장》

조지 오웰 | 영국
전체주의 비판의 고전. 동물들이 인간을 몰아내고 스스로 농장을 운영하지만, 결국 권력의 부패를 겪게 되는 과정을 그린 풍자 우화이다. 혁명의 이상이 어떻게 독재의 수단으로 전락하는지 동물들의 모습을 통해 날카롭게 고발하고 있다.

C 여학교에서 교원 겸 기숙사 사감 노릇을 하는 B 여사라면

딱장대요 독신주의자요, 찰진 야소꾼으로 유명하다.

사실에 가까운 노처녀인 그는 주근깨 투성이 얼굴이,

처녀다운 맛이란 약에 쓰려도 찾을 수 없을 뿐인가,

시들고 거칠고 마르고 누렇게 뜬 품이

곰팡 슬은 굴비를 생각나게 한다.

여러 겹 주름이 잡힌 훌렁 벗겨진 이마라든지

숱이 적어서 법대로 쭉 찌거나 들어 올리지를 못하고

엉성하게 그냥 빗겨 넘긴 머리,

꼬리가 뒤통수에 염소 똥만하게 붙은 것이라든지,

벌써 늙어 가는 자취를 감출 길이 없었다.

뾰족한 입을 앙다물고 돋보기 너머로 쌀쌀한 눈이 노릴 때엔

기숙생들이 오싹하고 몸서리를 치리만큼

그는 엄격하고 매서웠다.

어휘 노트   딱장대: 성미가 까다롭고 고집이 센 사람을 비유적으로 이르는 말.
야소꾼: 기독교 신자를 낮잡아 부르는 말.

문해력 질문   오른쪽 페이지의 작품 소개를 보면, B사감은 낮에는 엄격한 도덕주의와 독신주의를 고집하지만 밤이면 왜곡된 성적 욕망을 분출하는 이중적 인물입니다. 이 점을 극대화하기 위해 작가가 설정한 종교적 배경을 나타내는 단어는 무엇일까요? 본문에서 찾아보세요.

《B사감과 러브레터》

현진건 | 한국

겉으로는 엄격한 도덕주의와 독신주의를 내세우지만 내면에는 왜곡된 성적 욕망과 외로움을 간직한 B사감의 이중성을 날카롭게 풍자한 소설. 식민지 시대 지식인 여성의 억압된 심리와 인간의 본능적 욕구를 사실적으로 묘사하였다.

　앞 장의 문장이 생각의 근육을 깨웠다면, 이 장의 첫 문장은 당신의 메마른 감수성을 회복시키고, 문장이 가진 고유한 분위기와 결을 느끼도록 해줄 것입니다.

　우리가 문장을 읽으며 아름답다거나 가슴이 먹먹하다고 느끼는 것은, 어휘와 문장 사이사이에 흐르는 작가의 숨결과 그 속에 담긴 인간에 대한 깊은 애정(愛情)과 애련(哀憐)을 느끼기 때문일 거예요.

　《연인》은 "어느 날, 공중 집회소의 홀에서 한 남자가 내게 다가왔을 때, 나는 이미 늙은 여인이었다."라는 문장으로 시작합니다. '이미 늙어버린 여인'이라는 선언은 읽는 이의 마음을 쓸쓸한 회한으로 적십니다. 그리고 궁금해지게 합니다. '이 여인은 어떤 삶을 살았기에 스스로를 이미 늙었다고 말하지?' 문장이 뿜어내는 이 서늘하고도 매혹적인 슬픔의 '멋'을 만나게 되는 것입니다.

　《설국》의 그 유명한 첫 문장, "국경의 긴 터널을 빠져나오자, 설국이었다. 밤의 밑바닥이 하얗게 떠올랐다."는 또 어떤가요. 차가운 공기와 함께 눈앞이 환해지는 시각적 해방감, 느껴지시나요? '밤의 밑바닥이 하얘졌다'는 그 탐미적인 표현 하나가 우리 마음의 밑바닥까지 환하게 밝혀주는 경험을 하게 되는 것이죠.

　《무진기행》은 어떻고요. "버스가 산모퉁이를 돌아갈 때 나는 '무진 Mujin 10km'라는 이정비를 보았다." 지극히 평범한 문장처럼 보이지만, '안개'의 도시 무진으로 들어서는 첫 발걸음에 대한 묘사는 읽는 이의 마음을 일상의 허무와 대면하게 만듭니다. 안개처럼 뿌옇게 가려져 있던 내 안의 진실을 들여다보게 하는 힘, 그것이 바로 문장의 멋입니다.

문장이 주는 정서의 너울에 몸을 맡기는 순간, 여러분의 어휘와 문장은 더욱 풍부한 색채를 띠게 될 것입니다.

7월 초, 더위가 한창인 저녁 무렵에

한 청년이 S 골목의 골방에서 거리로 나와

왠지 망설이듯 천천히 K 다리 쪽으로 걸어갔다.

계단에서 주인아주머니와 마주치는 것을 용케 피했다.

높은 5층 건물 지붕 바로 밑에 있는 그의 골방은

사람 사는 방이라기보다 차라리 벽장에 가까웠다.

주인아주머니는 한 층 아래에 살고 있었기 때문에,

그는 밖에 나갈 때마다 거의 항상

계단 쪽으로 문이 활짝 열린 부엌을 지나가야 했다.

그곳을 지날 때면

청년은 껄끄러운 듯 어떤 병적인 감각에 사로잡히곤 했고,

그때마다 눈살을 찌푸리곤 했다.

하숙비가 잔뜩 밀려 있어

주인아주머니와 마주치는 게 두려웠기 때문이다.

어휘 노트　　골방: 집 안의 구석진 곳에 있는 작은 방. 여기서는 주인공의 고립된 내면을 상징함. 한 자어처럼 생각하기 쉬우나, 순우리말이다.

문해력 질문　　청년은 왜 주인집 부엌을 지날 때마다 병적인 감각에 사로잡히며 눈살을 찌푸렸을까요?

《죄와 벌》

표도르 도스토옙스키 | 러시아
가난한 대학생 라스콜니코프가 "선택받은 초인은 인류를 위해 악인을 처단할 권리가 있다."는 위험한 신념
에 사로잡혀 저지른 살인, 그리고 그 이후의 처절한 심리적 붕괴와 구원을 그린 걸작. 인간의 내면 깊숙한
곳에 숨은 선과 악의 갈등을 집요하게 파고든다.

보케르 부인은 콩플랑 집안 출신의 노파다.

파리의 생마르소 성문 밖과 라탱 구역 사이,

뇌브생트주느비에브 거리에서

40년째 하숙집을 운영하고 있다.

남녀노소 누구나 묵을 수 있는 이 '보케르 집'은

나름 평판이 괜찮았다.

풍속에 대해 나쁜 소문이 도는 일도 없었다.

고향에서 보내주는 적은 돈으로도

젊은이의 하숙은 충분했다.

하지만 30년 전부터 젊은 사람은 한 명도 보이지 않았다.

어휘 노트　평판(評判): 세상 사람들이 어떤 사람이나 사물에 대해 내리는 평가.
풍속(風俗): 사회에 속한 사람들 사이에서 전해 내려오는 생활 습관. 여기서는 하숙집의
도덕적인 분위기를 의미.

문해력 질문　30년 전부터 젊은 사람이 한 명도 보이지 않았다는 사실은 이 하숙집에 대해 무엇을
말해주나요?

《고리오 영감》

오노레 드 발자크 | 프랑스
파리의 초라한 하숙집. 그곳에 사는 고리오 영감과 상류 사회로 진출하려는 야심 찬 청년 라스티냐크의 이야기. 발자크 리얼리즘 문학의 대표작. 비정한 파리 상류 사회의 허영과 자본이 지배하는 인간관계 속에서 부성애가 어떻게 처참하게 무너지는지 적나라하게 묘사하고 있다.

《톰 소여의 모험》을 읽어보지 않았다면

아마 나를 잘 모를 겁니다.

하지만 그것은 별로 중요하지 않습니다.

그 책은 마크 트웨인이라는 사람이 썼는데,

대체로 진실을 말하고 있습니다.

좀 과장한 부분도 있지만 대부분은 진실이에요.

뭐, 그런 건 상관없습니다.

나는 거짓말을 한 번도 안 해 본 사람을

본 적이 없거든요.

문해력 질문 '나'는 누구일까요? 톰 소여일까요, 허클베리 핀일까요?

《허클베리 핀의 모험》

마크 트웨인 | 미국
《톰 소여의 모험》의 속편. 떠돌이 소년 허클베리 핀이 도망친 흑인 노예 짐과 함께 뗏목을 타고 미시시피 강
을 따라 여행하며 겪는 모험담. 미국 문학의 고전. 소년의 순수한 시선을 통해 당시 미국의 인종 차별과 위
선적인 사회 규범을 날카롭게 풍자하고 있다.

1801년,

집주인을 찾아갔다가 돌아오는 길이다.

이제부터 사귀게 될 그 외로운 이웃들.

이곳은 틀림없이 아름다운 고장이다.

영국 어디에서도 이토록 세상의 소음에서 떨어진 곳은 드물 것이다.

사람을 싫어하는 이에게는 더없이 알맞은 천국이다.

히스클리프 씨와 나는 이 쓸쓸함을 나누기에도

썩 어울리는 사이일 듯하다. 멋진 친구다.

말을 타고 다가가는 나를 보며

그의 검은 눈은 눈썹 아래에서 미심쩍은 듯 나를 훑었다.

내가 이름을 밝히자,

그의 손가락은 경계하듯 조끼 속으로

더 깊이 파고들었다.

그 순간, 내가 그에게 얼마나 호감을 느끼고 있었는지

그는 짐작도 하지 못했을 것이다.

어휘 노트　미심(未審)쩍다: 확실하지 않아 마음속으로 의심스러운 데가 있다.

문해력 질문　나는 왜 히스클리프를 왜 '멋진 친구'라고 생각하며 호감을 느꼈을까요? 그는 꽤나 경계심이 많은 듯한 사람인데 말입니다.

《폭풍의 언덕》

에밀리 브론테 | 영국
황량한 벌판 위의 저택 폭풍의 언덕을 배경으로, 고아로 들어온 히스클리프의 지독한 사랑과 복수극을 다
룬 소설. 인간의 가장 어두운 본성과 격정적인 감정을 거친 자연 풍경에 투영해 그려낸 걸작이다.

어느 날,

공중 집회소의 홀에서 한 남자가 내게 다가왔을 때,

나는 이미 늙은 여인이었다.

그는 자신을 소개한 뒤 이렇게 말했다.

나는 오래전부터 당신을 알고 있었습니다.

사람들은 흔히 당신이 젊었을 때가

더 아름다웠다고 말하더군요.

그러나 내 생각은 다릅니다.

지금의 당신 모습이 그때보다 더 아름답습니다.

나는 지금의 당신,

그 주름진 얼굴이 젊은 날의 얼굴보다

훨씬 더 사랑스럽다는 것을 말해 주고 싶었습니다.

어휘 노트　　공중 집회소(公衆 集會所): 여러 사람이 모이는 공공장소.

문해력 질문　　남자는 왜 여자의 매끈한 젊은 얼굴보다 주름진 얼굴이 더 아름답다고 말했을까요?

《연인》

마르그리트 뒤라스 | 프랑스
노년의 여성이 자신의 찬란하고도 고통스러웠던 젊은 날의 사랑을 회상하며 쓴 자전적 소설. 세월이 흐른 뒤에야 비로소 정직하게 마주할 수 있는 과거의 기억과 감정을 독특하고 강렬한 문체로 그려냈다.

해리엇과 데이비드가 처음 만난 것은

직장 파티에서였다.

두 사람 모두 그 자리가 내키지 않았지만,

막상 마주한 순간 이것이야말로

서로가 기다려 온 만남임을 직감했다.

그들은 퇴보적이라고 할 수는 없었으나,

보수적이고 담담한 사람들이었다.

수준과 비위를 맞추기 어려운 사람이라는 평을 받아 왔고,

그 때문에 다른 사람들과는 쉽게 어울리지 못했다.

그러나 두 사람은 곧바로 서로에게 이끌렸다.

그들은 자신들에 대한 판단을,

고집스럽다고 할 만큼 단호하게 옹호했다.

자신들이 평범한 사람이라고 믿었고,

그렇기에 감정적 예민함이나 절제가

부족하다는 이유만으로 비난받아서는 안 된다고 생각했다.

어휘 노트　퇴보적(退步的): 뒤로 물러나거나 수준이 뒤떨어지는 것. 옛날 방식만 고집하는 고리타분한 성격.

문해력 질문　사람들은 왜 해리엇과 데이비드를 두고 '수준과 비위를 맞추기 어려운 사람들'이라고 평가했을까요?

《다섯째 아이》

도리스 레싱 | 영국

자신들만의 완벽한 성(城)과 같은 가정을 꿈꾸던 부부가, 통제 불가능한 본능을 가진 다섯째 아이 벤을 낳으면서 겪게 되는 파멸과 공포를 그린 소설. 현대 사회의 행복에 대한 강박과 가족이라는 이름의 이면을 날카롭게 파헤친다.

025　여 름

젊은 여인 하나가 노스도머 거리 끝에 있는

로열 변호사의 집에서 나와 문 앞에 섰다.

6월의 오후가 막 시작될 무렵이었다.

투명한 하늘 아래, 마을의 지붕들과 목초지, 낙엽송 숲 위로

은빛 햇살이 부드럽게 내려앉았다.

산들바람이 하얀 목재 울타리 사이를 스쳐 지나 들판을 가로질러

노스도머 거리 아래쪽으로 그림자를 길게 끌고 갔다.

이 마을은 지대가 높고 탁 트여 있어

흔히 볼 수 있는 짙은 그늘은 드물었다.

오리 연못가의 수양버들 덤불과

헤스터 부인의 집 앞 노르웨이 전나무들만이

길게 그늘을 드리우고 있었다.

길은 로열 변호사의 집에서 시작해 교회 위쪽을 지나,

공동묘지를 둘러싼 검은 숲까지 이어져 있었다.

어휘 노트　　덤불: 풀이나 나무가 어지럽게 뒤엉기어 있는 덩굴이나 수풀. 순우리말.

문해력 질문　　변호사 집에서 나온 젊은 여인의 앞날에 크고 작은 많은 일들이 벌어질 것을 암시하는
글귀는 무엇일까요?

《여름》

이디스 워튼 | 미국
폐쇄적인 시골 마을 노스도머를 배경으로, 열정적인 사랑과 가혹한 현실 사이에서 성장해가는 젊은 여인 채리티 로열의 이야기를 담은 소설. 아름다운 자연 묘사 속에 계급적 갈등과 여성의 독립, 그리고 억눌린 욕망을 섬세하게 그려낸 이디스 워튼의 숨은 걸작이다.

026 크리스마스 캐럴

말리는 죽었다.

우선 이 사실부터 분명히 해 두어야겠다.

그 점에 대해서는 조금의 의심도 없었다.

그의 매장 기록부에는

사제와 서기, 장의사, 그리고 유족 대표가 서명했고,

스크루지도 거기에 이름을 올렸다.

더구나 스크루지의 이름은

왕립 거래소에서 그가 보증하는 것이라면

무엇이든 믿을 만하게 만드는 힘이 있었다.

어쨌든 말리 영감은,

문짝에 박힌 못처럼, 의심할 여지 없이 죽었다.

어휘 노트 매장(埋葬): 죽은 사람의 시신을 땅속에 묻음.

보증(保證): 어떤 사물이나 사람에 대하여 틀림없음을 책임지고 증명함.

문해력 질문 이 글의 화자는 누구일까요? (말리, 스크루지, 전지적 작가 시점)

《크리스마스 캐럴》

찰스 디킨스 | 영국
지독한 구두쇠 스크루지가 크리스마스 이브에 찾아온 유령들과 함께 자신의 과거, 현재, 미래를 여행하며
진정한 삶의 가치를 깨닫는 과정을 그린 소설. 산업혁명기 영국의 비정한 자본주의 현실 속에서 인간성 회
복과 나눔의 소중함을 일깨운다.

027 농 담

여러 해가 흐른 뒤,

나는 다시 고향으로 돌아와 있었다.

어린 시절을 보냈던 광장에 서 있었지만

아무런 감정도 일지 않았다.

다만 방루가 음산한 기운을 풍기고 있다는 생각이 스쳤다.

과거 이곳이 군사 거점이었다는 기억이 떠오르며,

그 흔적이 도시 전체에 남아 있는 듯 느껴졌다.

어휘 노트 방루(傍樓): 성벽 위의 누각.

문해력 질문 화자는 왜 고향에서 감정이 메말랐을까요?

《농담》

밀란 쿤데라 | 체코
한 청년이 연인에게 보낸 장난스러운 엽서 한 장이 국가 권력에 의해 반동으로 몰리며 삶이 송두리째 뒤바뀌는 과정을 그린 소설. 개인의 사소한 농담과 거대한 역사의 비극이 교차하는 지점을 통해 인간 존재의 허무와 복수의 무의미함을 탐구한다. 시대의 광기 속에서 파괴된 인간성과 뒤틀린 운명을 쿤데라 특유의 지적인 문체와 다층적인 구조로 담아낸 작품.

변신 이야기

내 마음이 원하는 바,

세상 만물의 변신 이야기를 하고자 하오니,

신들이시여,

당신들이야말로 이 변신을 있게 한 장본인이니,

내가 하고자 하는 바를 축복해 주소서.

세상이 처음 생겨난 때부터

지금 이 순간까지의 이야기를

온전히 풀어낼 수 있도록 나를 도와주소서.

문해력 질문 화자가 신들에게 도움을 청하는 이유는 무엇일까요?

《변신 이야기》

오비디우스 | 고대 로마
우주 창조부터 율리우스 카이사르 시대까지, 신화 속 인물들이 겪는 250여 개의 변신 이야기를 담은 고대 로마의 대표적 서사시. 신과 인간의 사랑, 질투, 복수를 통해 만물이 끊임없이 변화하는 우주의 섭리를 유려한 문체로 묘사하고 있다.

029 날개

박제가 되어 버린 천재를 아시오?

나는 유쾌하오.

이런 때 연애까지가 유쾌하오.

육신이 하나씩 하나씩 저하도록 피로했을 때만

정신이 은화처럼 맑소.

니코틴이 내 횟배 앓는 뱃속으로 스미면

머릿속에 으레 백지가 준비되는 법이오.

그 위에다 나는

위트와 파라독스를 바둑 포석처럼 늘어놓소.

가공할 상식의 병이오.

박제가 되어 버린 천재: 뛰어난 지성을 가졌으나 현실 세계와 단절된 채 방 안에 갇혀 생명력을 잃고 무기력해진 지식인의 상태.

저하도록: 한도에 닿도록. 또는 아주 지칠 정도로.

가공할 상식의 병: 두려워할 만큼 견고한 세상의 고정관념이나 제도적 질서. 천재적인 감각이 평범한 상식에 의해 억눌리고 병들어가는 상태를 의미함.

주인공의 심리상태는 매우 복잡하고 복합적입니다. 그러한 것을 짐작할 수 있는 단어나 표현법을 찾아 보세요.

《날개》

이상 | 한국
'박제가 되어 버린 천재'라는 독백으로 시작하여, 외부 세계와 단절된 채 방 안에 갇혀 지내는 지식인의 내면 심리와 자아 분열을 다룬 소설. 의식의 흐름 기법을 통해 현대인의 고독과 정체성 상실을 감각적으로 묘사했다.

나는 병적인 인간이다…… 심술궂은 인간이다.

남의 호감을 사지 못하는 인간이다. 아마 간장이 좋지 않아서일 것이다.

하지만 내 병에 대해서는 아는 바가 전혀 없고,

몸의 어디가 어떻게 나쁜지조차 확실히 모른다.

나는 의학과 의사를 존경한다.

그럼에도 치료를 받아 본 적은 없고, 지금도 받을 생각이 없다.

나는 극단적인 미신자이기 때문이다.

이를테면 의학을 존경할 만큼의 미신자 말이다.

(충분한 교육을 받았음에도 불구하고, 나는 여전히 미신을 버리지 못한다.)

좋다. 오기로라도 의사의 치료 따위는 받지 않겠다.

내가 치료를 거부한다고 해서 누군가를 골탕 먹일 수 없다는 것쯤은 나도 안다.

그렇게 해서 손해를 보는 것은 결국 나 자신뿐이라는 것도.

그럼에도 내가 치료를 받지 않는 것은, 다만 고집 때문이다.

간장이 나쁘다면, 나빠도 좋다.

이왕이면 손을 쓸 수 없을 정도로 엉망이 되었으면 좋겠다.

어휘 노트

수기(手記): 자기의 체험이나 생각을 스스로 쓴 기록.
미신자(迷信者): 합리적인 근거가 없는 믿음을 맹목적으로 믿는 사람.
오기(傲氣): 능력은 부족하면서도 남에게 지기 싫어하는 마음.

문해력 질문

주인공은 스스로를 병적이고 심술궂으며 비호감인 인간이라고 소개합니다. 또한 의학과 의사를 존경하면서도 정작 치료는 받지 않는 모순된 태도를 보입니다. 당신이 본문에서 느낀 이 주인공은 과연 어떤 사람인가요?

《지하생활자의 수기》

표도르 도스토옙스키 | 러시아
사회적 관계를 거부하고 지하에 숨어 사는 주인공의 독백을 통해 인간의 자유 의지와 비합리성을 탐구한
소설. 합리주의와 과학 만능주의에 반기를 들며 현대 실존주의 문학의 서막을 연 작품으로 평가받는다.

031 벙어리 삼룡이

내가 열 살이 될락말락 한 때이니까 지금으로부터 십사오 년 전 일이다.

지금은 그곳을 청엽정이라 부르지만 그때는 연화봉이라고 이름하였다.

즉 남대문에서 바로 내려다보면 오정포가 놓여 있는 산동성이 있으니

그 산동성이 이쪽이 연화봉이요, 그 새에 있는 동네가 역시 연화봉이다.

지금은 그곳에 빈민굴이라고 할 수밖에 없이 지저분한 촌락이 생기고

노동자들밖에 살지 않는 곳이 되어 버렸으나

그때에는 자기네 딴은 행세한다는 사람들이 있었다.

집이라고는 십여 호밖에 있지 않았고

그곳에 사는 사람들은 대개 과목밭을 하고, 또는 채소를 심거나,

아니면 콩나물을 길러서 생활을 하여 갔다.

여기에 그중 큰 과목밭을 갖고 그중 여유 있는 생활을

하여 가는 사람이 하나 있었는데,

그의 이름은 잊어버렸으나

동네 사람들이 부르기를 오생원이라고 불렀다.

청엽정(靑葉町): 일제강점기 당시 서울 청파동 일대를 부르던 명칭.
오정포(午正砲): 구한말부터 일제강점기 초기까지 정오를 알리기 위해 쏘았던 대포.
행세(行世)하다: 어떤 신분이나 지위를 가진 사람처럼 처신하여 행동하다.

더러 행세한다는 사람들 중에서도 가장 여유 있는 생활을 하는 오생원. 소설의 제목과
간략한 소설 소개로 미루어 보았을 때, 오생원은 어떤 인물일까요?

《벙어리 삼룡이》

나도향 | 한국

순박하고 충직한 머슴 삼룡이의 희생적인 사랑과 인간적 고뇌를 통해 진정한 인간애의 가치를 조명한 소설. 평화로운 마을 연화봉을 배경으로 신분 사회의 모순과 뒤틀린 애욕이 가져오는 파멸을 사실적으로 묘사하였다.

많은 세월이 흐른 뒤,

총살형 집행 대원들 앞에 선

아우렐리아노 부엔디아 대령은,

아버지의 손에 이끌려

처음으로 얼음을 보러 갔던 아득한 옛날의 오후를 떠올렸다.

그 무렵 마콘도는,

선사시대의 알처럼 매끈하고 희고 거대한 돌들이 깔린

강바닥 위로 맑은 물이 힘차게 흐르던

강가에 자리 잡은 마을이었다.

갈대로 엮은 집 수백 채가 모여 있었고,

세상이 생긴 지 얼마 되지 않았던 탓에

아직 이름 붙여지지 않은 것들이 많아,

그것들을 가리키려면

손가락으로 하나하나 짚어야 했다.

어휘 노트 아득하다: 시간이나 공간이 멀어서 가물가물하고 가깝지 않다.
선사시대(先史時代): 문자로 기록되기 이전의 아주 먼 옛날.

문해력 질문 주인공 부엔디아 대령이 죽음을 앞둔 절박한 순간에 하필 '얼음을 보러 갔던 기억'을 떠올린 이유는 무엇일까? 본문의 분위기를 바탕으로 추론해 보세요.

《백년 동안의 고독》

가브리엘 가르시아 마르케스 | 콜롬비아
가상의 마을 마콘도를 배경으로 부엔디아 가문의 100년에 걸친 흥망성쇠를 그린 대서사시. 환상과 현실이
뒤섞인 독특한 세계관을 통해 인간의 근원적인 고독과 역사의 반복성을 날카롭게 통찰했다.

033　구운몽

노존사는 남악에서 묘법을 강론하고,

소마이는 석교에서 선녀를 만났다.

천하에 이름난 산이 다섯 있으니,

동쪽의 태산, 서쪽의 화산, 가운데의 숭산,

북쪽의 항산, 남쪽의 형산이 그것으로,

이를 일러 오악이라 한다.

그 가운데 형산은 세상에서 가장 멀리 떨어져 있으며,

남쪽으로는 구의산이 있고 북쪽으로는 동정호가 있으며,

장강이 그 둘레를 감아 흐른다.

어휘 노트
묘법(妙法): 심오하고 오묘한 불교의 가르침.
오악(五岳): 나라에서 이름난 다섯 개의 명산.
장강(長江): 길고 큰 강. 여기서는 형산의 웅장함을 돋보이게 하는 배경.

문해력 질문
본문에서 형산의 위치와 주변 지형을 설명한 부분을 찾아 정리해 보세요. 형산은 어떤 곳들에 둘러싸여 있나요?

《구운몽》

김만중 | 한국
성진이라는 인물이 겪는 팔선녀와의 인연과 인간 세상에서의 부귀영화를 통해 '인생은 일장춘몽'이라는 주제를 아름다운 문체로 풀어낸 한국 고전 소설의 걸작. 인간의 부귀영화가 결국 하룻밤 꿈처럼 허무한 것임을 깨닫는 과정을 도교와 불교적 색채가 섞인 신비로운 배경 속에서 그려낸다.

034 설국

국경의 긴 터널을 빠져나오자, 설국이었다.

밤의 밑바닥이 하얗게 떠올랐다.

기차는 신호소에 멈춰 섰다.

국경(國境): 여기서는 나라 사이의 경계가 아니라, 산맥을 경계로 나뉜 지역(현) 사이의 경계. 터널 하나를 사이에 두고 일상과 비일상이 나뉘는 극적인 경계선을 의미함.
설국(雪國): 눈의 고장. 온 세상이 하얗게 덮여 현실과는 동떨어진 환상적이고 고립된 공간을 상징함.

주인공이 '눈의 고장(설국)'에 들어왔음을 시각적으로 단번에 보여주는 대목은 어디인 가요?

《설국》

가와바타 야스나리 | 일본
눈 덮인 고립된 마을을 배경으로, 허무를 안고 사는 남자 시마무라와 순수한 열정을 지닌 게이샤 고마코의
덧없고도 아름다운 사랑을 그린 소설. 감각적이고 서정적인 묘사로 일본 최초의 노벨 문학상 수상을 이끌
어낸 탐미주의 문학의 정수다.

버스가 산모퉁이를 돌아갈 때
나는 '무진 Mujin 10km'라는 이정비를 보았다.
그것은 옛날과 똑같은 모습으로
길가의 잡초 속에서 튀어나와 있었다.

내 뒷좌석에 앉아 있는 사람들 사이에서
다시 시작된 대화를 나는 들었다.
"앞으로 십 킬로 남았군요."
"예, 한 삼십 분 후에 도착할 겁니다."
그들은 농사 관계의 시찰원들인 듯했다.
아니 그렇지 않은지도 모른다.

어휘 노트 이정비(里程碑): 목적지까지의 거리를 적어 길가에 세운 비석.

문해력 질문 주인공이 무진에 처음 온 게 아니라는 걸 알려주는 부분은 어디일까요?

《무진기행》

김승옥 | 한국
안개로 둘러싸인 가상의 도시 무진을 배경으로, 현실의 고뇌를 잠시 잊으려는 한 남자의 허무와 방황을 그
린 소설. 한국 현대 소설사에서 '감수성의 혁명'이라 불릴 만큼 아름답고 섬세한 문장이 일품이다.

마리아브론 수도원의 입구에는,

두 개의 작은 기둥이 떠받친 아치형 정문이 서 있고,

그 앞 길가에는 밤나무 한 그루가 바짝 붙어 서 있다.

본래 남쪽 지방의 수종인 이 외로운 나무는,

오래전 로마를 다녀온 한 순례자가 가져다 심은 것으로,

줄기가 굵고 단단했다.

둥글게 우거진 가지들은

길 위로 부드럽게 드리워져 넉넉한 그늘을 만들고,

바람을 받으면 잔잔히 술렁였다.

어느새 주위는 온통 초록빛으로 물들고,

수도원 안의 호두나무들에도

연분홍빛 새잎이 돋아나 봄이 찾아왔음을 알렸다.

어휘 노트　수종(樹種): 나무의 종류.

문해력 질문　본문의 주인공은 무엇이라고 느껴지나요? '수도원'인가요, 아니면 '밤나무'인가요? 그렇게 생각한 이유는 무엇인가요? 읽는 사람에 따라, 주인공은 수도원이 될 수도 있고 밤나무가 될 수도 있습니다. 이 질문에서 중요한 것은 정답이 아닙니다. 왜 그게 주인공이라고 생각하는지, 그 이유가 중요합니다.

《나르치스와 골드문트》

헤르만 헤세 | 독일
중세 수도원을 배경으로, 엄격한 금욕주의와 이성을 상징하는 나르치스와 자유로운 영혼과 예술적 감성을
상징하는 골드문트의 깊은 우정과 각기 다른 삶의 경로를 그린 소설. 인간 내면에 공존하는 두 가지 본능의
갈등과 화해를 아름다운 문체로 담아냈다. 우리나라에서는 '지성과 사랑'이라는 제목으로도 불린다.

급발진하듯 달려오던 소년은

몸을 굽힌 채 마지막 바위를 내려와,

초호 쪽으로 길을 잡아 조심스럽게 나아가기 시작했다.

제복이었던 스웨터를 벗어 한 손에 질질 끌고 있었고,

회색 셔츠는 땀에 젖어 몸에 바싹 달라붙어 있었다.

머리카락은 풀칠을 한 듯 이마에 다닥다닥 붙어 있었다.

정글을 헤치며 지나온 소년의 등 뒤에는

흉터 같은 자국이 남아 있었고,

그 감각은 뜨거운 물에 데인 듯 무뎌져 있었다.

소년이 덤불과 부러진 나뭇가지 사이를

힘겹게, 육중하게 기어 나아갈 때,

밝고 노란 원형의 새 한 마리가 햇빛 속에서

구슬 같은 울음소리를 냈다.

그러나 곧 다른 고함이 그 소리를 덮어버렸다.

"어이! 잠깐만 기다려!"

어휘 노트 초호(礁湖): 산호초에 둘러싸인 잔잔한 바다 호수.
육중(肉重)하다: 투박하고 무겁다.

문해력 질문 소년의 옷차림과 몸 상태(스웨터, 셔츠, 머리카락 등)를 통해 알 수 있는 현장의 날씨와 소년이 처한 상황은 어떠한가요?

《파리대왕》

윌리엄 골딩 | 영국
비행기 사고로 무인도에 남겨진 소년들이 생존을 위해 분투하다가, 점차 내면의 잔인함과 악(惡)을 드러내
며 파멸해가는 과정을 그린 소설. 인간 본성에 숨겨진 야만성에 대해 묵직한 질문을 던진다.

우리가 어휘를 익히고 문장을 이해하는 궁극적인 이유는 무엇일까요? 결국 나를 둘러싼 세계를 정확히 해석하고, 어떤 시련 앞에서도 나 자신을 잃지 않는 '삶의 주권'을 갖기 위함일 것입니다.

이 장을 여는《이방인》의 첫 문장, "오늘 엄마가 죽었다. 아니, 어쩌면 어제."는 지독할 정도로 감정이 배제되어 있습니다. 하지만 이 무심한 선언은 역설적으로 우리에게 묻습니다. 당신은 타인의 시선과 관습에 얽매이지 않고 자신의 진실을 마주할 용기가 있느냐고 말이죠. 부조리한 세계에 던지는 이 서늘한 질문이 바로 우리 삶을 깨우는 정직한 힘이 됩니다.

《생의 한가운데》는 "자매는 서로에 대해 모든 것을 알고 있거나, 또는 전혀 알지 못한다. 나는 내 동생에 관해서 최근까지 아무것도 몰랐다. 니나는 나보다 열두 살 어리다."라는 고백으로 시작합니다. 가장 가깝다고 믿었던 존재조차 실은 타인이었음을 인정하는 순간, 우리는 비로소 타인을 향한 오만을 버리고 겸허하게 '관계의 본질'에 다가갈 수 있을 겁니다. 나를 알고 타인을 알아가는 그 과정이 우리 생의 한가운데를 관통하는 진짜 힘입니다.

이 긴 여정의 피날레는《제인 에어》가 장식합니다. "그날은 산보를 할 수 없었다. 오전에는 잎이 진 관목 사이를 잠시 거닐었지만, 점심 무렵부터 차가운 겨울바람과 비가 몰아쳐 더 이상 밖에 나갈 수 없었다." 황량한 겨울바람과 비가 몰아쳐 밖으로 나갈 수 없는 상황, 그것은 때로 우리가 마주하는 삶의 거친 벽과도 같습니다. 제인의 한때도 그러했습니다. 주변의 상황으로 인해 발목 잡히고 주저앉혀졌습니다. 그러나 끝내 제인은 자신만의 세계를 구축했고, 당당한 독립적 주체로 성장하게 됩니다.

이번 장의 문장들은 우리의 삶을 지탱하는 단단한 뼈대가 되어줄 것이라 여겨집니다. 여러분은 어떻게 느끼셨나요?

오늘 엄마가 죽었다. 아니, 어쩌면 어제.

양로원에서 전보 한 통이 왔다.

"모친 사망. 장례식 내일. 근조."

어휘 노트

이방인(異邦人): 다른 나라에서 온 사람. 이 작품에서는 자신이 속한 사회의 관습이나 도덕적 기준에 동화되지 못하고 겉도는 사람을 뜻한다.

전보(電報): 전신을 이용한 통신이나 통보.

근조(謹弔): 사람의 죽음에 대하여 삼가 슬픈 마음을 나타냄.

문해력 질문

모친의 사망 소식을 들은 주인공의 슬픔이 느껴지나요? 만약 느껴지지 않는다면, 어떤 대목 때문인가요?

《이방인》

알베르 카뮈 | 프랑스

세상의 관습과 고정관념에 무관심한 주인공 뫼르소가 어머니의 죽음과 살인 사건을 겪으며 사형 선고를 받게 되는 과정을 그린 소설. 인간 존재의 근원적인 부조리와 허무를 건조하고 냉철한 문체로 그려낸 실존주의 문학의 걸작이다.

039 모 비 딕

나를 이스마엘이라 불러다오.

몇 해 전, 주머니는 거의 텅 비고

육지에서는 더 이상 흥미를 느낄 것이 없어,

나는 바다로 나가기로 했다.

이것이 내가 우울한 기분을 떨쳐내고,

몸 안에 고인 피를 순환시키는 방식이다.

영혼이 가라앉고,

나도 모르게 장의사 앞에 멈춰 서거나

장례 행렬을 뒤따라 걷게 될 때,

그리고 충동을 억누르기 어려울 만큼

우울이 깊어질 때

그럴 때마다 나는 바다로 나아간다.

이것이 나에게는 권총과 총알을 대신하는 것이다.

어휘 노트 이스마엘: 성경에서 쫓겨난 자를 상징하는 이름. 여기서는 정처 없이 떠도는 방랑자이자 관찰자인 주인공을 뜻함.

문해력 질문 주인공이 바다로 떠나는 진짜 이유는 무엇인가요?

《모비딕》

허먼 멜빌 | 미국

고래잡이 배 '피쿼드 호'의 선장 에이허브가 자신의 다리를 앗아간 거대한 흰고래 '모비딕'을 찾아 복수하려
는 광기 어린 집념을 그린 소설. 화자 이스마엘의 시선을 통해 인간의 한계와 대자연의 숭고함을 웅장하게
그려냈다.

댈러웨이 부인은 꽃은 자신이 사 오겠다고 말했다.

하녀 루시는 할 일이 산더미처럼 쌓여 너무 바빴지만,

부인은 생각했다.

아, 이 얼마나 상쾌한 아침인가!

마치 아이들이 바닷가에서 맞이하는 아침처럼.

아, 얼마나 신나는가! 공기 속으로 뛰어드는 기분이다.

어렸을 적 버튼에서는 늘 그런 느낌이 들었다.

이른 아침의 공기는 신선하고 고요했으며,

그때의 기억이 지금도 생생히 떠올랐다.

문해력 질문　댈러웨이 부인의 기분이 이토록 들뜬 이유는 무엇일까요?

《댈러웨이 부인》

버지니아 울프 | 영국

1923년 6월의 어느 하루, 파티를 준비하는 클라리사 댈러웨이의 내면세계를 집요하게 쫓는 소설. 찰나의
감각과 과거의 기억이 교차하며 삶의 덧없음과 아름다움을 동시에 그려낸 '의식의 흐름' 문학의 정수다.

영원회귀란 신비로운 사상이다.

니체는 이것으로 수많은 철학자를 곤혹스럽게 했다.

우리가 이미 겪은 일이 언젠가 그대로 되풀이되고,

그 반복마저 끝없이 이어진다고 한다면,

우리는 과연

이 우스꽝스러운 신화와

어떻게 맞설 수 있을까?

어휘 노트　　곤혹(困惑): 곤란한 일을 당하여 어찌할 바를 모름.

문해력 질문　　작가가 말하는 '이 우스꽝스러운 신화'가 가리키는 것은 무엇일까요?

《참을 수 없는 존재의 가벼움》

밀란 쿤데라 | 체코

"모든 것이 영원히 반복된다면 얼마나 무거울까?"라는 니체의 질문으로 시작하는 소설. 하지만 작가는 반대로 "우리 인생은 단 한 번뿐이라서 먼지처럼 가볍다."고 말한다. 인생에 연습 게임이 없기에 생기는 허무함과 그 가벼움을 견디지 못하는 인간들의 사랑과 고통을 그린 걸작이다.

자매는 서로에 대해 모든 것을 알고 있거나,

또는 전혀 알지 못한다.

나는 내 동생에 관해서 최근까지 아무것도 몰랐다.

니나는 나보다 열두 살 어리다.

내가 결혼했을 때,

니나는 상처투성이의 마른 열 살짜리 소녀였다.

결혼식 때 부모님이 내 면사포를 들게 했더니

니나는 화가 나 침을 뱉었다.

이후 니나는 간섭하지 말라고 선언했고,

나는 그 아이를 돌보지 않았다.

그리고 이민을 간 뒤로는

완전히 안중에 없는 존재였다.

그럼에도 작년에 우연히 니나를 다시 만났을 때,

그녀를 곧바로 알아보았다.

어휘 노트　　안중(眼中): 관심이나 의식의 범위 내.

문해력 질문　　니나의 성격을 보여주는 장면은 무엇인가요?

《생의 한가운데》

루이제 린저 | 독일

자유로운 삶을 추구하는 여성의 생을 통해 인간의 존재와 선택을 탐구한 소설. 안주하는 삶을 거부하고 끊임없이 부딪치며 자신만의 길을 개척해 나가는 한 인간의 강렬한 생명력을 언니의 관찰과 편지를 통해 담아낸다.

지금껏 이렇게 망설이는 마음으로

소설을 시작해 본 적은 없었다.

이 글을 소설이라 부른다면,

그것은 단지 붙일 다른 이름을 찾지 못했기 때문이다.

줄거리라 할 만한 것도 변변치 않고,

결말이 죽음이나 결혼으로 끝나지도 않는다.

죽음은 모든 것을 포괄하는 결론이고,

결혼 또한 그럴듯한 마무리 방식이다.

그러나 나는 독자들에게

그러한 정해진 결말을 제시하지 않을 것이다.

이 글은 내가 가까이 지냈던 한 남자에 대한 회상이다.

나는 그가 나를 만나지 않던 시간에 무엇을 겪었는지 거의 알지 못한다.

상상으로 그 공백을 채워 이야기를 꾸며낼 수도 있겠지만,

나는 그러고 싶지 않다.

다만 내가 아는 만큼만 쓰고자 한다.

문해력 질문　작가가 소설의 전형적인 결말인 죽음이나 결혼을 거부하고, 아는 만큼만 쓰겠다고 강조한 이유는 무엇일까요?

《면도날》

서머싯 몸 | 영국
실존 인물인 주인공 래리가 전쟁의 상처를 겪은 후, 세속적인 성공 대신 삶의 궁극적인 진리를 찾아 떠나는
여정을 그린 소설. 작가 자신이 화자로 등장해 '아는 범위 안에서만 쓰겠다.'는 정직한 태도로 이야기를 풀어
낸다.

마을 구석구석에는

바람에 휘몰려 쌓인 눈더미가

육십 센티미터쯤이나 되었다.

무쇠처럼 단단한 하늘에는,

끝이 뾰족한 고드름 같은 별들이 매달려

차가운 빛을 번뜩이고 있었다.

달빛은 아직 젖지 않은 밤공기를 투명하게 밝혀,

눈부실 만큼 맑았다.

녹아내린 눈 위로 드러난 하얀 집의 정면은

주변의 설경과 대비되어 햇빛을 머금은 듯 빛났고,

관목 수풀은 눈 위에 검은 점처럼 박혀 있었다.

교회 지하실 창에서 새어 나온 노란 불빛은,

끝없이 펼쳐진 언덕을 가로질러 멀리까지 번져 나갔다.

어휘 노트　　무쇠: 제련한 그대로의 탄소 함량이 높은 철의 합금.
관목(灌木): 키가 작고 원줄기와 가지의 구별이 분명하지 않은 나무.

문해력 질문　　본문에는 직유법과 은유법이 많이 나와 문장이 아름답습니다. 읽으면서 특히, "아! 이 부분의 표현 참 좋다!"고 생각한 부분은 어디인가요? 그리고 왜 좋았을까요? 이 질문에서 중요한 것은 정답이 아닙니다. 당신의 감각을 깨운 그 표현이 무엇인지가 중요합니다.

《이선 프롬》

이디스 워튼 | 미국
미국 뉴잉글랜드의 가상의 마을 스탁필드를 배경으로, 가난과 병든 아내, 그리고 찾아온 새로운 사랑 사이
에서 갈등하는 한 남자의 비극적 운명을 그린 소설. 겨울의 황량한 풍경을 인물의 내면 심리와 결합시킨 뛰
어난 심리 묘사가 돋보이는 수작이다.

045 개를 데리고 다니는 여인

해안 산책로에 새로운 인물이 나타났다는 이야기가 들려왔다.

작은 개를 데리고 다니는 여인이었다.

얄타에 온 지 이미 보름이 되어 그곳 생활에 꽤 익숙해진

드미트리 드미트리치 구로프도

새로 도착하는 사람들에게 관심을 갖기 시작했다.

 주인공 구로프가 새로 도착하는 사람들에게 관심을 갖기 시작한 이유는 무엇일까요?
본문의 내용을 바탕으로 두 가지 근거를 찾아 보세요.

《개를 데리고 다니는 여인》

안톤 체호프 | 러시아

휴양지 얄타에서 만난 두 남녀의 관계가 가벼운 유희로 시작해 인생을 뒤흔드는 진실한 사랑으로 변해가는 과정을 그린 소설. 일상의 권태와 도덕적 굴레 사이에서 방황하는 인간의 내면을 섬세하고 절제된 문체로 묘사했다.

젠치 큰스님의 코라 하면,

이제 그 마을에서 모르는 이가 없었다.

길이는 대략 대여섯 치쯤 되었고,

윗입술 바로 위에서부터 턱 아래까지 축 늘어져 있었다.

모양은 처음부터 끝까지 거의 변함없이 굵어,

마치 가늘고 긴 막대 하나가 얼굴 한가운데,

턱 위에 매달려 있는 듯 보였다.

어휘 노트 치(寸): 길이를 나타내는 단위. 한 치는 약 3cm이므로, 대여섯 치면 15~18cm에 달하는 길이. 한자어 결합 및 추상적 개념(촌수, 촌철살인, 촌음)에는 '촌'으로, 단위 및 관용적 표현(한 치, 세 치)에는 '치'로 읽는다.

문해력 질문 본문에 묘사된 젠치 스님의 코 모양을 머릿속으로 그려 보세요. 이 코가 일반적인 사람의 코와 결정적으로 다른 점 두 가지는 무엇인가요?

《코》

아쿠타가와 류노스케 | 일본
얼굴 아래로 길게 늘어진 코 때문에 고민하던 젠치라는 승려가 코를 줄이는 데 성공하지만, 오히려 사람들의 비웃음거리가 되면서 겪게 되는 심리적 변화를 그린 소설. 인간의 이기적인 동정심과 타인의 불행을 즐기는 심리를 탁월하게 묘사했다.

최고의 시절이었고, 최악의 시절이었다.

지혜의 시대이자 어리석음의 시대였다.

믿음이 충만한 시기이면서 불신이 드리운 시기였다.

빛의 계절이자 어둠의 계절이었고,

희망의 봄인 동시에 절망의 겨울이었다.

사람들 앞에는 모든 것이 펼쳐져 있었고,

또한 아무것도 주어지지 않은 듯했다.

모두가 천국을 향해 나아가는 듯했지만,

동시에 모두가 그와 정반대의 길로 치닫고 있는 것만 같았다.

요컨대, 그 시대는 오늘의 우리와 너무도 닮아 있어,

일부 목소리 큰 권위자들은 그것을 좋게 보든 나쁘게 보든

극단적으로 대비시켜야만 제대로 이해할 수 있다고 주장했다.

어휘 노트 두 도시: 소설의 배경이 되는 영국의 런던과 프랑스의 파리.
권위자(權威者): 일정 분야에 정통하고 탁월한 전문가. 이 소설에서는 단순히 권위를 가
진 사람이 아니라, 사회의 흐름을 정의하고 판단하는 위치에 있는 사람들을 말함.

문해력 질문 작가가 말하는 18세기 프랑스 혁명기와 오늘날 우리 삶의 공통점은 무엇인가요?

《두 도시 이야기》

찰스 디킨스 | 영국

18세기 말, 프랑스 혁명의 거센 소용돌이 속에 놓인 런던과 파리, 두 도시를 배경으로 한 소설. 사랑하는 여인을 위해 대신 단두대에 오르는 숭고한 희생과, 격동하는 시대 속에서 개인이 겪는 비극과 구원을 웅장하게 그려낸 걸작이다.

048 게 잡 이 공 선

"이보게, 함께 지옥에나 가자구!"

두 사람은 갑판 난간에 기대어

달팽이가 받돋움을 하는 것처럼 늘어져,

바다를 껴안고 있는 하코다테 거리를 내려다보고 있었다.

어부는 다 피운 담배를 침과 함께 내던졌고,

온몸에서는 술 냄새가 풍겼다.

바람에 밀린 연기가 파도 위로 휘어지며

석탄 냄새를 퍼뜨렸다.

윈치의 드르륵거리는 소리가 파도를 타고 울려왔다.

어휘 노트 게잡이 공선(工船): 바다 위에서 게를 잡아 바로 통조림으로 만드는 공장 설비를 갖춘 배. 국제법과 노동법의 감시를 피한 무법지대이자 착취의 현장을 상징.
윈치(Winch): 밧줄이나 쇠사슬로 무거운 물건을 들어 올리거나 내리는 기계.

문해력 질문 지옥 같은 노동 현장으로 떠나야 하는 어부들의 절박함과 무기력함을 시각적으로 나타내는 대목은 어디인가요?

《게잡이 공선》

고바야시 다키지 | 일본

캄차카 바다에서 게를 잡아 통조림으로 가공하는 거대한 배 '게잡이 공선' 안에서 벌어지는 참혹한 노동 착취와 그에 맞선 노동자들의 투쟁을 그린 소설. 일본 프롤레타리아 문학의 금자탑으로 불리며, 오늘날에도 불안정한 노동 현실을 비추는 거울 같은 작품이다.

나는 고양이다. 이름은 아직 없다.

어디서 태어났는지는 알 수 없다.

다만 어둡고 축축한 곳에서 울고 있었던 기억만은 있다.

나는 그곳에서 처음으로 인간이라는 족속을 보았다.

나중에 들으니 그것은 서생이라는,

인간 가운데서도 가장 영악한 부류라고 한다.

어휘 노트 서생(書生): 남의 집에서 일을 해주면서 공부하는 사람. 여기서는 고양이를 처음 발견해 괴롭히거나 관찰하는 인간의 표본으로 등장함.

문해력 질문 주인공 고양이는 인간을 처음 보았을 때 어떤 인상을 받았나요?

《나는 고양이로소이다》

나쓰메 소세키 | 일본

이름 없는 고양이의 눈을 통해 메이지 시대 지식인들의 허위의식과 인간 사회의 모순을 날카롭고 유머러스
하게 풍자한 소설. 인간보다 더 인간을 잘 파악하는 고양이의 독설이 일품이다.

8월 어느 날, 한 남자가 행방불명되었다.
휴가를 이용해 기차를 타면
반나절 정도 걸리는 해안으로 떠난 채
소식이 끊긴 것이다.
수색 신청서도 신문 광고도 모두 헛수고였다.

문해력 질문　남자가 단순히 길을 잃은 것이 아니라, 사회적으로 완전히 '행방불명'되었음을 입증하는 대목은 어디인가요?

《모래의 여자》

아베 코보 | 일본

곤충 채집을 떠났던 남자가 모래 구덩이 속 외딴집에 갇히게 되며 벌어지는 기괴한 생존과 실존의 투쟁을 다룬 소설. 끊임없이 흘러내리는 모래를 치워야만 살 수 있는 극한의 상황을 통해 현대인의 반복되는 일상과 자유의 본질을 날카롭게 질문한다.

1969년 6월, 마리오 히메네스는
하찮은 이유 하나와 행운 하나 때문에
직업을 바꾸게 되었다.
그 하찮은 이유란,
그 일에 도무지 정을 붙일 수 없었기 때문이었다.
그는 동이 트기도 전에
침대에서 끌려 나와야 하는 생활을 견디지 못했고,
달콤한 꿈에서 깨어나는 일은 언제나 고통스러웠다.
"일자리를 구해."
아버지가 내뱉은 말은 짧고 거칠었지만,
물러설 틈이 없었다.
"네, 아버지."
마리오는 웃으며 대답했다.

문해력 질문　마리오가 직업을 바꾸게 된 결정적인 하찮은 이유는 무엇이었나요?

《네루다의 우편 배달부》

안토니오 스카르메타 | 칠레
칠레의 거장 시인 파블로 네루다와 그의 우편물을 배달하게 된 순박한 청년 마리오의 우정을 그린 소설. 시(詩)를 통해 세상을 새롭게 발견하고 사랑을 쟁취하며, 시대의 아픔을 함께 겪어내는 두 남자의 아름답고도 가슴 아픈 이야기를 담고 있다.

희끄무레한 빛이 서서히 스며들며 날이 밝아왔다.

낮게 내려앉은 구름 사이로 스며드는 서늘한 기운에

금세라도 눈이 내릴 듯했다.

유모는 아이가 잠든 방으로 조용히 들어가

커튼을 천천히 젖혔다.

희미한 빛을 바라보던 그는

아무 감정도 드러내지 않은 얼굴로 고개를 돌려,

고요히 잠든 아이의 침대 곁으로 다가갔다.

어휘 노트　희끄무레하다: 생김새가 번듯하고 빛깔이 조금 희다.
스며들다: 안으로 깊이 배어들다.

문해력 질문　이 장면이 암시하는 분위기는 무엇인가요?

《인간의 굴레에서》

서머싯 몸 | 영국

삶의 고통과 사랑, 방황을 겪으며 인간의 자유를 모색하는 성장 소설. 허무와 부조리가 지배하는 세상 속에서 개인이 어떻게 자신만의 가치를 발견하고 진정한 자유에 이르는지를 인물들의 치열한 내면 묘사를 통해 담아낸다.

롤리타,

내 삶의 빛, 내 몸의 불이여.

나의 죄, 나의 영혼이여.

롤-리-타.

혀끝이 입천장을 따라 세 걸음 걷다가

제 길을 찾아 이를 가볍게 건드린다.

롤. 리. 타.

문해력 질문　주인공 스스로가 자신의 사랑이 잘못된 것이라는 걸 알고 있음을 보여주는 단어는 무엇인가요?

《롤리타》

블라디미르 나보코프 | 러시아·미국
중년 남성 험버트 험버트가 의붓딸 롤리타에게 느끼는 파괴적인 집착과 광기 어린 사랑을 다룬 소설. 범죄에 가까운 소재를 화려하고 정교한 수사학적 문체로 풀어내어, 예술의 탐미성과 도덕적 금기 사이의 갈등을 심도 있게 탐구했다.

서머셋셔의 켈린치 홀에 사는 월터 엘리엇 경은

재미 삼아 읽기 위해 집어 드는 책이라고는

준남작 명부뿐인 사람이었다.

그 명부를 읽다 보면 한가한 시간이 쉽게 흘러갔고,

불쾌하던 기분이 절로 풀렸다.

비록 제한된 형태지만,

남아 있는 오래된 조상들의 훌륭한 작위를

곰곰 들여다보자면

존경과 감탄의 마음이 저절로 솟았다.

그리고 일상사에서 느끼던

달갑지 않은 감정들도

자연스레 연민과 경멸로 바뀌었다.

어휘 노트

준남작 명부(Baronetage): 가문의 족보와 작위가 기록된 책. 월터 경에게는 성경보다 더 중요한 자기애의 거울과 같은 존재임.

연민과 경멸: 자신보다 낮은 계급이나 실속 있는 신흥 부자들을 바라보는 월터 경의 비뚤어진 시선. 자신의 우월함을 확인하며 얻는 뒤틀린 위안을 상징함.

문해력 질문

월터 엘리엇 경이 일상의 달갑지 않은 감정에서 벗어나 다시 우월감을 느끼게 되는 결정적인 '변곡점'은 무엇인가요?

《설득》

제인 오스틴 | 영국

오만과 편견을 넘어선 성숙한 사랑과 후회, 그리고 재회를 다룬 소설. 가문의 몰락 위기 속에서도 허영을 버리지 못하는 아버지와 달리, 진실한 사랑과 내면의 가치를 지키려는 주인공 앤 엘리엇의 이야기를 통해 당시 영국 상류 사회의 허위의식을 우아하게 비판한다.

그날은 산보를 할 수 없었다.

오전에는 잎이 진 관목 사이를 잠시 거닐었지만,

점심 무렵부터 차가운 겨울바람과 비가 몰아쳐

더 이상 밖에 나갈 수 없었다.

어휘 노트　산보(散步): 기분을 전환하거나 건강을 위하여 한가롭게 걷는 일.

문해력 질문　오전에는 잠시라도 관목 사이를 거닐 수 있었지만, 점심 무렵부터 날씨가 더 나빠져 밖에 나갈 수 없게 된 상황은 주인공의 앞날이 어떠할 것임을 암시할까요?

《제인 에어》

샬럿 브론테 | 영국

가난한 고아로 태어난 한 여성이 사회적 편견과 억압에 맞서며 자신의 존엄성을 지켜가는 과정을 그린 성장 소설. 소설의 첫머리부터 화자가 처한 황량한 환경을 감각적으로 묘사하며, 독자를 주인공의 고독한 내면 세계로 단숨에 끌어들이는 힘을 가진 작품이다.

겉모습은 죽은 것처럼 보일 것이다.

그 속에서는 이미 날개가 만들어

기다림은 정지된 시간이 아니라

가장 치열하게 변하고 있는 시간이다.

건 잔허리에 걸려 있다.

한참 때여서 죽은 듯이 고요한 속에서

밭의 숨소리가 손에 잡힐 듯이 들리며,

옥수수 잎새가 한층 달무리에 젖었다.

온통 메밀밭이어서

가루 콩이 소금을 뿌린 듯이

들판에 숨이 막힐 지경이다.

고전 소설의 명문장

'온기를 채우는 따스한 명문장'은 메마른 일상에 온기를 채우고, 잊고 있던 순수한 다정함을 회복하는 시간입니다. 우리가 어휘를 익히고 문장을 읽는 것은 단지 지식을 쌓기 위함이 아닙니다. 결국은 나 자신과 타인을 더 깊이 사랑하고, 삶의 작은 틈새로 새어 들어오는 행복의 빛을 발견하기 위함입니다.

이 장의 문을 여는《어린 왕자》는 나직이 속삭입니다. "네 장미꽃이 그토록 소중한 것은, 네가 그 꽃을 위해 공들인 시간 때문이야." 무언가를 소중하게 만드는 것은 화려한 겉모습이 아니라, 그 존재를 위해 정성과 노력을 다해 공들인 시간임을 깨닫게 하는 문장입니다. 내 곁에 머무는 평범한 존재들이 얼마나 특별한 '기적'이었는지 다시금 알게 됩니다.

《빨간머리 앤》은 우리에게 매일 새로운 설렘을 선물합니다. "앞으로 알아낼 것이 아주 많다는 건 참 좋은 일이에요." 모든 것을 다 알고 있다면 사는 재미가 없을 거라 말하는 앤의 긍정적인 시선은, 우리를 지루한 일상에서 건져 올려 무궁무진한 상상력과 기대감의 세계로 안내합니다. 모르는 것을 발견해 나가는 그 즐거운 과정이 우리 삶을 얼마나 풍성하게 만드는지, 앤의 맑은 목소리가 일깨워줍니다.

마지막으로《안네의 일기》는 가장 어두운 곳에서도 꺼지지 않는 빛을 보여줍니다. "모든 어려움 속에서도 나는 여전히 믿는다. 사람들의 마음속 깊은 곳에는 선함이 살아 있다는 것을." 극한의 고립과 공포 속에서도 인간의 본성 밑바닥에 있는 사랑과 양심을 신뢰했던 안네의 고백은, 오늘을 살아가는 우리에게 강한 내면의 빛이 있음을 일깨워주는 커다란 위로가 됩니다.

이제 4장의 문장들을 통해 당신의 어휘 노트에 다정함과 희망이라는 단어를 가득 채워보세요. 문장이 주는 온기가 당신의 삶 구석구석 스며들어, 내일의 당신을 더욱 환하게 비춰줄 것입니다.

네 장미꽃이 그토록 소중한 것은

네가 그 꽃을 위해 공들인 시간 때문이야.

너는 네가 길들인 것에 대해

언제까지나 책임이 있어.

어휘 노트　공들이다: 어떤 일을 이루는 데 정성과 노력을 다하다.
길들이다: 어떤 일에 익숙하게 하다.

문해력 질문　수많은 장미 중에서도 유독 내 장미가 소중한 이유는 무엇이며, '길들인다'는 행위에는
어떤 의무가 따르나요?

《어린 왕자》

생텍쥐페리 | 프랑스

사막에 불시착한 조종사가 소행성에서 온 어린 왕자를 만나며 잊고 있던 삶의 본질을 깨닫는 철학적 동화.
"중요한 것은 눈에 보이지 않는다."는 메시지를 통해 어른들에게 진정한 사랑과 관계, 그리고 책임의 가치를
일깨워주는 세계적인 명작이다.

앞으로 알아낼 것이 아주 많다는 건
참 좋은 일이에요.
만약 모든 것을 다 알고 있다면
사는 재미가 하나도 없을 거예요.
그렇죠?

문해력 질문　모든 것을 다 알고 있는 것보다 알아낼 것이 더 많은 상태가 더 좋다는 건 어떤 의미일까요?

《빨간머리 앤》

루시 모드 몽고메리 | 캐나다
실수로 초록 지붕 집으로 입양된 고아 소녀 앤 셜리가 풍부한 상상력과 긍정적인 에너지로 주변 사람들을
변화시키며 성장해 나가는 과정을 그린 소설. 일상의 소소한 행복을 발견하는 앤의 맑은 시선은 전 세계 독
자들에게 시대를 초월한 위로와 기쁨을 선사한다.

시간이 흐르고 소년은 나이가 들었습니다.

그리고 나무는 자주 혼자 있었습니다.

하지만 소년이 돌아올 때마다

나무는 언제나 그 자리에 있었습니다.

문해력 질문　　당신에게 아낌없이 주는 나무 같은 존재는 누구인가요? 그 이유는 무엇인가요?

《아낌없이 주는 나무》

쉘 실버스타인 | 미국
한 소년과 나무의 일생에 걸친 관계를 통해 진정한 사랑과 희생의 본질을 묻는 우화 소설. 소년의 성장에 따라 자신의 모든 것을 아낌없이 내어주는 나무의 모습을 통해, 현대인들에게 잊혀가는 무조건적인 사랑의 가치를 일깨워준다.

아저씨,

행복의 비결은 현재를 사는 거예요.

과거를 후회하거나 미래를 걱정하며

시간을 낭비하지 않고,

바로 지금 이 순간을 즐기는 것이죠.

어휘 노트　비결(秘訣): 세상에 알려지지 아니한 자기만의 뛰어난 방법.

문해력 질문　화자가 생각하는 행복의 비결은 무엇이며, 우리가 시간을 낭비하게 만드는 두 가지 요소는 무엇인가요?

《키다리 아저씨》

진 웹스터 | 미국

고아원에서 자란 명랑한 소녀 주디가 얼굴 모를 후원자 키다리 아저씨의 도움으로 대학에 진학하여 성장해 나가는 과정을 그린 서간체 소설. 편지 형식을 통해 주디의 솔직하고 당당한 삶의 태도와 사랑, 그리고 자아를 찾아가는 과정이 경쾌하게 펼쳐진다.

세상에는 수많은 마법이 있단다.

사람들은 그걸 모르고 지나칠 뿐이지.

하지만 네가 마음을 열고 바라보면,

시든 꽃도 다시 피어나고

죽은 것 같던 나무에서도 새싹이 돋아난단다.

어휘 노트 마법(魔法): 마력을 써서 불가사의한 일을 행하는 술법.

문해력 질문 마법은 언제 일어나나요?

《비밀의 화원》

프란시스 호지슨 버넷 | 미국
부모를 잃고 고집불통이 된 소녀 메리가 버려진 화원을 가꾸며 자신과 주변 사람들의 상처를 치유해 나가는 과정을 그린 소설. 자연이 주는 생명력과 긍정적인 마음의 힘이 어떻게 사람의 영혼을 변화시키고 행복으로 이끄는지 아름답고 감동적으로 묘사한다.

폭풍이 두렵지 않다.

나는 내 배를 어떻게 조종해야 하는지

배우고 있는 중이니까.

문해력 질문 화자가 폭풍 앞에서도 두려워하지 않을 수 있는 근거는 무엇인가요?

《작은 아씨들》

루이자 메이 올컷 | 미국
개성 강한 네 자매가 어려운 환경 속에서도 서로 사랑하고 의지하며 각자의 꿈과 정체성을 찾아가는 성장 소설. 여성에 대한 사회적 제약이 컸던 시대에 독립적이고 주체적인 삶을 개척해 나가는 주인공들의 모습은 오늘날까지도 많은 독자에게 용기를 준다.

겉모습은 죽은 것처럼 보일지 모르지만,

그 속에서는 이미 날개가 만들어지고 있단다.

기다림은 정지된 시간이 아니라,

가장 치열하게 변하고 있는 시간이야.

문해력 질문 작가는 '기다림'을 가장 치열하게 변하고 있는 시간이라고 했습니다. 나비가 되기 위해 치열하게 변하고 있는 애벌레의 모습을 눈을 감고 3초만 상상해 보세요. 이 또한 기다림 아닐까요?

《꽃들에게 희망을》

트리나 폴러스 | 미국

삶의 참된 의미를 찾아 높은 탑을 오르던 애벌레 줄무늬와 노랑이가 진정한 자아를 발견하고 나비로 거듭나는 과정을 그린 우화 소설. 맹목적인 경쟁을 넘어 사랑과 희망, 그리고 자기 혁신을 통해 새로운 삶을 개척해 나가는 과정을 감동적으로 묘사한다.

어제 일은 말해봤자 소용없어.

어제의 나는

지금의 나와는

완전히 다른 사람인걸.

글에서 말하는 '소용없는 일'은 무엇이고 그 이유는 무엇인가요?

《이상한 나라의 앨리스》

루이스 캐럴 | 영국
회중시계를 든 토끼를 따라 굴속으로 떨어진 소녀 앨리스가 기상천외한 모험을 겪으며 정체성을 찾아가는 환상 소설. 논리와 상상을 넘나드는 독특한 서사를 통해 고정관념을 깨뜨리고 세상을 바라보는 새로운 시각과 자아 성찰의 중요성을 일깨워주는 고전이다.

내가 어떤 처지에 있든,

나는 공주처럼 행동할 거예요.

누더기를 걸치고 있어도 내 마음이 고귀하다면,

나는 세상에서 가장 행복한 사람이에요.

어휘 노트　처지(處地): 처하여 있는 사정이나 형편.
고귀(高貴)하다: 지위나 신분이 높고 귀하다.

문해력 질문　'공주처럼 행동한다'는 것의 참된 의미는 무엇이며, 화자는 행복의 근원을 어디에서 찾고 있나요?

《소공녀》

프란시스 호지슨 버넷 | 미국
갑작스러운 아버지의 죽음으로 부잣집 딸에서 하녀로 전락한 세라 크루가 혹독한 시련 속에서도 상상력과
자존감을 잃지 않고 견뎌내는 과정을 그린 소설. 어떤 역경 속에서도 인간의 품격을 지키는 것이 얼마나 위
대한지를 보여주는 감동적인 성장 드라마이다.

온 세상이 햇빛 속에 반짝이고 있어요!

살아 있다는 건

정말이지 너무나 멋진 일이에요.

 화자가 살아 있다는 것을 너무나 멋진 일이라고 감탄하게 된 배경에는 어떤 것이 있었나요?

《꿀벌 마야의 모험》

발데마르 본젤스 | 독일
자유를 갈망하며 벌통을 탈출한 꼬마 꿀벌 마야가 광활한 자연 속에서 다양한 곤충들을 만나며 겪는 모험
과 성장을 그린 소설. 호기심 많은 마야의 시선을 통해 자연의 신비로움과 생명의 소중함, 그리고 진정한 자
유와 용기가 무엇인지를 일깨워주는 명작이다.

강물 옆에 앉아 그저 흐르는 물을 바라보는 것보다
더 즐거운 일은 세상에 없단다.

문해력 질문   화자는 왜 그저 흐르는 물을 바라보는 것이 세상에서 가장 즐거운 일이라고 말한 걸까요?

《버드나무에 부는 바람》

케네스 그레이엄 | 영국

겁 많은 두더지 '모울', 낙천적인 물쥐 '래티', 고집불통 오소리 '배저', 그리고 사고뭉치 두꺼비 '토드'가 강가와 숲을 배경으로 펼치는 우정과 모험의 이야기. 아름다운 자연 묘사와 따뜻한 유머를 통해 진정한 우정의 가치와 집이라는 안식처의 소중함을 일깨워주는 전 세계적인 아동 문학의 고전이다.

작은 친절이 모여 커다란 행복의 바다를 만든다.

우리가 서로를 향해 웃어주는 그 순간이 바로 천국이다.

문해력 질문　화자는 왜 우리가 서로를 향해 웃어주는 순간을 '천국'이라고 표현했을까요?

《사랑의 학교》

에드몬도 데 아미치스 | 이탈리아

초등학생 엔리코의 일기 형식을 통해 학교와 가정에서 일어나는 일상적인 사건들과 그 속에서 배우는 우정, 애국심, 희생정신을 담아낸 소설. 전 세계 어린이들에게 도덕적 감수성과 공동체 의식을 길러주는 고전으로, 따뜻한 인성 교육의 정석이라 불리는 작품이다.

068 안 네 의   일 기

모든 어려움 속에서도 나는 여전히 믿는다.

사람들의 마음속 깊은 곳에는 선함이 살아 있다는 것을.

문해력 질문 안네가 극한의 공포와 고립 속에서도 사람의 선함을 믿는다고 말한 이유는 무엇이며,
이 문장이 우리에게 주는 위로는 무엇인가요?

《안네의 일기》

안네 프랑크 | 독일

제2차 세계 대전 당시 나치의 박해를 피해 은신처에서 생활하던 유대인 소녀 안네가 2년 동안 기록한 일기. 죽음의 위협 앞에서도 잃지 않았던 삶에 대한 열정과 성찰, 그리고 인간에 대한 깊은 신뢰를 담아내어 전 세계인에게 평화와 인권의 소중함을 전하는 기록 문학의 정수이다.

사랑이 가득한 집에는 언제나 등불이 켜져 있다.

그 빛은 아무리 깊은 밤이라도 결코 꺼지지 않는다.

문해력 질문 작가는 왜 사랑이 가득한 집의 등불은 깊은 밤에도 꺼지지 않는다고 표현했을까요?

《작은 집》

버지니아 리 버튼 | 미국

평화로운 시골 언덕에 세워진 '작은 집'이 도시의 급격한 개발 속에서 사라질 위기에 처했다가, 다시금 자연
과 사랑이 있는 곳으로 옮겨져 행복을 되찾는 과정을 그린 그림책. 급변하는 세상 속에서도 변치 않아야 할
집의 본질과 가족의 소중함을 일깨워주는 명작이다.

070　좁 은　문

내 고독은 사람들로 북적거린다.

어휘 노트　고독(孤獨): 세상에 홀로 떨어져 있는 듯이 매우 외롭고 쓸쓸함. 이 작품에서는 주인공 제롬이 물리적으로는 혼자지만 심리적으로는 알리사와 관련된 기억, 감정, 대화들이 떠올라 전혀 고요하지 않다는 역설을 담고 있다.

문해력 질문　떨어져 있어 외롭지만, 그 외로움이 오히려 서로를 가득 채우고 살아가게 하는 관계가 있습니다. 당신에게 그런 사람이 있나요? 있다면 누구인가? 영화나 드라마 속에서 답을 찾아도 좋습니다.

《좁은 문》

앙드레 지드 | 프랑스
엄격한 도덕적 절제와 숭고한 사랑 사이에서 갈등하는 인물들을 통해, 인간의 본질과 신앙의 문제를 깊이 있게 탐구한 작품. 특히 고독을 통해 사랑을 증명하려 했던 주인공들의 심리는 오늘날까지도 많은 이들에게 깊은 사색을 안겨준다.

'열정을 더하는 뜨거운 명문장'에서는 내면의 에너지를 밖으로 터뜨려, 나를 가두고 있던 견고한 벽을 허무는 뜨거운 인생을 주목합니다. 우리가 문장을 읽고 쓰는 궁극적인 이유는 결국 나만의 고유한 삶을 당당하게 살아내기 위함입니다. 타인이 정해놓은 정답이 아니라, 내 심장이 가리키는 방향으로 거침없이 나아가는 그 뜨거운 기운이 우리를 진정으로 살아 있게 만듭니다.

《오만과 편견》은 우리에게 서늘하고도 명확한 진실을 건넵니다. "편견은 내가 다른 사람을 사랑하지 못하게 만들고, 오만은 다른 사람이 나를 사랑할 수 없게 만든다." 내가 세운 오만과 세상을 향한 편견은 우리를 좁은 방 안에 가둡니다. 하지만 내 마음의 빗장을 푸는 순간, 우리는 비로소 타인과 세상이라는 넓은 바다로 나아갈 뜨거운 동력을 얻게 됩니다. 나를 지키는 것만큼이나 나를 넘어설 줄 아는 용기, 그것이 열정의 시작입니다.

《그리스인 조르바》는 그 열정의 정점을 보여줍니다. "나는 아무것도 바라지 않는다. 나는 아무것도 두려워하지 않는다. 나는 자유다." 그 어떤 사회적 지위나 도덕적 굴레에도 얽매이지 않고, 오직 현재라는 순간을 온몸으로 춤추며 살아가는 조르바의 선언은 우리 안의 잠자던 야성을 흔들어 깨웁니다. 아무것도 바라지 않기에 역설적으로 모든 것을 가질 수 있는 그 자유로운 영혼의 에너지를 한번 느껴보시기 바랍니다.

《호밀밭의 파수꾼》은 열정의 가장 성숙한 형태를 제시합니다. "미성숙한 사람은 대의를 위해 고귀하게 죽고 싶어 하고, 성숙한 사람은 대의를 위해 겸손하게 살고 싶어 한다." 화려한 파멸보다 힘겨운 일상을 묵묵히 견디며 살아가는 것, 그것이야말로 가장 뜨겁고도 위대한 열정임을 말해줍니다. 벼랑 끝에서 아이들을 지키는 파수꾼의 마음으로, 매일의 삶을 성실히 일궈나가는 겸손한 의지가 우리 생을 더욱 깊고 푸르게 만듭니다.

이제 5장의 문장들을 가슴에 새기며 당신만의 뜨거운 문장을 써 내려가보세요. 타오르는 불꽃처럼 강렬하고, 파도처럼 거침없는 그 열정이 당신의 삶을 더욱 눈부시게 완성해 줄 테니까요.

자네는 묻겠지, 나의 사랑이 어떠냐고.

좋네, 아주 좋아.

그녀와 함께 있을 때면 나는 더 이상 내가 아니라네.

나는 온전히 그녀의 것이 되고, 그녀에게 완전히 빠져든다네.

그것은 기쁨인 동시에 고통이라네.

그녀는 나의 전부이며 나를 살게 하지만,

동시에 나를 완전히 사로잡고 있다는 사실을 자네는 이해하겠나?

문해력 질문　　그(베르테르)의 사랑은 기쁨인 동시에 왜 고통일까요?

《젊은 베르테르의 슬픔》

요한 볼프강 폰 괴테 | 독일
젊은 베르테르가 친구 빌헬름에게 보내는 편지 형식의 소설. 이루어질 수 없는 사랑에 괴로워하다 자살로
생을 마감하는 청년의 비극. 낭만주의 문학의 고전으로, 이성보다 감정을 중시하며 사랑에 자신을 내맡긴
인간 내면의 열정과 파괴성을 섬세하게 그려낸 작품.

편견은 내가 다른 사람을 사랑하지 못하게 만들고,

오만은 다른 사람이 나를 사랑할 수 없게 만든다.

어휘 노트 편견(偏見): 공정하지 못하고 한쪽으로 치우친 생각.

오만(傲慢): 태도나 행동이 건방지고 삼가함이 없음.

문해력 질문 편견과 오만은 각각 나 자신과 상대방에게 어떤 영향을 미칠까요?

《오만과 편견》

제인 오스틴 | 영국

18세기 영국 시골 마을을 배경으로, 결혼을 둘러싼 인간들의 속물근성과 남녀 주인공이 서로에 대한 오만과 편견을 극복하며 진정한 사랑에 이르는 과정을 재치 있게 그린 연애 소설의 고전. 오해를 풀고 진실한 내면을 마주하는 과정을 통해 인간 본성에 대한 깊은 통찰을 보여주고 있다.

사람들은 발치에 떨어진 6펜스짜리 은화를 찾느라
하늘에 떠 있는 달을 보지 못한다.

어휘 노트　발치: 발이 있는 쪽.

문해력 질문　'6펜스짜리 은화'와 '하늘에 떠 있는 달'은 각각 우리 삶에서 무엇을 대조적으로 상징하고 있나요?

《달과 6펜스》

서머싯 몸 | 영국
증권 중개인으로 안정적인 삶을 살던 중년의 찰스 스트릭랜드가 어느 날 갑자기 모든 것을 버리고 예술적
열망을 쫓아 타히티로 떠나는 여정을 그린 소설. 화가 폴 고갱의 삶을 모델로 하여, 현실의 안락함과 예술적
광기 사이의 치열한 갈등을 날카롭게 묘사한다.

나는 아무것도 바라지 않는다.

나는 아무것도 두려워하지 않는다.

나는 자유다.

어휘 노트　　자유(自由): 외부의 구속이나 억압을 받지 않고 자기 마음대로 행동하는 상태.

문해력 질문　　진정한 자유는 어떤 상태에서 이루어질까요?

《그리스인 조르바》

니코스 카잔차키스 | 그리스
야생마 같은 자유로운 영혼을 가진 조르바와 지식인인 '나'의 우정을 통해 삶의 본질과 해방감을 탐구한 소
설. 거침없는 조르바의 행보를 통해 관념의 틀에 갇힌 현대인들에게 야성적인 생명력과 진정한 자유의 가
치를 일깨워준다.

길은 지금 긴 산허리에 걸려 있다.

밤중을 지난 한참 때여서 죽은 듯이 고요한 속에서

짐승 같은 달의 숨소리가 손에 잡힐 듯이 들리며,

콩 포기와 옥수수 잎새가 한층 달무리에 젖었다.

산허리는 온통 메밀밭이어서

피기 시작한 꽃이 소금을 뿌린 듯이

흐뭇한 달빛에 숨이 막힐 지경이다.

어휘 노트 달무리: 달 주변에 둥글게 나타나는 구름 같은 허연 테.

문해력 질문 작가는 메밀꽃이 핀 밤의 풍경을 무엇에 비유하여 표현하고 있으며, 그 풍경이 관찰자에게 주는 시각적 압박감은 어느 정도인가요?

《메밀꽃 필 무렵》

이효석 | 한국

강원도 봉평 장터를 배경으로, 평생 장돌뱅이로 살아온 허 생원이 달밤의 메밀밭을 지나며 과거의 인연을 회상하는 서정 소설. 한국 현대 소설 중 백미로 꼽히는 이 작품은 자연과 인간의 조화를 시적이고 탐미적인 문체로 그려낸 한국 단편 소설의 걸작이다.

그녀의 가슴 위에 달린 그 붉은 글씨는

타오르는 불꽃처럼 보였지만,

동시에

그녀를 세상의 모든 속박으로부터

자유롭게 만드는 문장이기도 했다.

어휘 노트　속박(束縛): 어떤 행위나 권리의 행사를 자유로이 하지 못하도록 강압적으로 얽어매거나 제한함.

문해력 질문　화자는 가슴 위의 '붉은 글씨'가 그녀에게 어떤 상반된 두 가지 의미를 준다고 말하고 있나요?

《주홍글씨》

나다니엘 호손 | 미국
엄격한 청교도 사회를 배경으로, 불륜의 죄를 지어 가슴에 주홍색 "A"를 달고 살아가게 된 헤스터 프린의
삶을 다룬 소설. 죄와 벌의 문제를 넘어 인간의 존엄성과 도덕적 위선, 그리고 고난 속에서 피어나는 강인한
생명력을 깊이 있게 성찰한다.

무진에 명산물이 없는 것은 아니다.

그것이 바로 안개다.

아침에 잠자리에서 일어나 밖으로 나오면,

밤사이에 밀려온 안개가 무진을 꽉 에워싸고 있다.

산들도 안개에 가려져 먼 곳으로 사라진 듯 보인다.

안개는 마치

이 세상에 태어났다가 죽어 간 사람들의 넋들이

한꺼번에 부르는 노래처럼 낮게 깔려 있다.

어휘 노트　　명산물(名産物): 어떤 지방이나 나라 따위의 이름난 산물.

문해력 질문　　화자는 왜 안개를 적군이나 죽은 이들의 넋에 비유했을까요?

《무진기행》

김승옥 | 한국
안개로 둘러싸인 가상의 도시 무진을 배경으로, 현실의 고뇌를 잠시 잊으려는 한 남자의 허무와 방황을 그
린 소설. 한국 현대 소설사에서 '감수성의 혁명'이라 불릴 만큼 아름답고 섬세한 문장이 일품이다.

누군가를 사랑한다면,

그 사람의 전부를 있는 그대로 사랑하는 것이지,

당신이 바라는 모습대로 사랑하는 것이 아니다.

문해력 질문　그 사람의 전부를 있는 그대로 사랑하는 것의 의미는 무엇일까요?

《안나 카레니나》

레프 톨스토이 | 러시아
러시아 상류 사회의 귀부인 안나가 금지된 사랑에 빠지며 겪는 파멸과 고뇌를 중심으로, 다양한 인물들의 삶을 통해 인간의 욕망과 도덕, 사랑과 삶의 의미를 탐구한 대하소설. 사실주의 문학의 정점으로 평가받는 작품이다. "행복한 가정은 모두 엇비슷하고, 불행한 가정은 불행한 이유가 제각각 다르다"는 통찰을 통해 인간 삶의 복잡한 이면을 세밀하게 묘사하고 있다.

인간은 누구나 죄가 있어.

인간을 처벌하고 교정할 수 있는 사람은 없기 때문에

몇 번이고 언제고 끝없이 용서를 해야 한다.

어휘 노트　　처벌(處罰): 범죄나 잘못을 저지른 사람에게 벌을 줌.

교정(矯正): 틀어지거나 잘못된 것을 바로잡음.

문해력 질문　　화자가 인간이 다른 인간을 처벌하거나 교정할 수 없다고 단언한 근거는 무엇인가요?

《부활》

레프 톨스토이 | 러시아
귀족 네흘류도프가 자신이 타락시킨 카튜샤의 재판에 배심원으로 참여하며 겪는 영적 각성과 도덕적 회생을 그린 소설. 법과 제도의 폭력성을 비판하며, 진정한 구원은 제도적 처벌이 아닌 인간에 대한 무한한 사랑과 용서를 통해 이루어짐을 역설한다.

모든 것을 이해하는 사람은

모든 것을 용서한다.

《전쟁과 평화》

레프 톨스토이 | 러시아
19세기 초 나폴레옹의 러시아 침공을 배경으로, 역사의 거대한 흐름 속에 놓인 여러 인물과 가문의 삶을 그
린 대하소설. 전쟁과 평화, 삶과 죽음이라는 인간 존재의 본질적 문제를 깊이 있게 탐구했다.

지식은 전해줄 수 있지만, 지혜는 전해줄 수 없다.

지혜란 사람들이 스스로 발견하는 것이다.

지식(知識): 어떤 대상에 대하여 배우거나 실천을 통해 알게 된 명확한 인식이나 이해.

지혜(智慧/知慧): 사물의 이치를 빨리 깨닫고 사물을 정확하게 처리하는 정신적 능력.

왜 지식과 달리 지혜는 다른 사람이 대신 전해줄 수 없는 것일까요?

《싯다르타》

헤르만 헤세 | 독일
브라만의 아들 싯다르타가 안락한 삶과 종교적 가르침을 떠나, 자신의 경험을 통해 진정한 자아와 세계의
본질에 이르는 과정을 그린 철학 소설. 지식이 아닌 체득한 지혜의 가치를 전하는 작품.

미성숙한 사람은 대의를 위해
고귀하게 죽고 싶어 하고,

성숙한 사람은 대의를 위해
겸손하게 살고 싶어 한다.

어휘 노트　　대의(大義): 사람으로서 마땅히 지켜야 할 큰 도리.

문해력 질문　　화자는 왜 고귀하게 죽는 것보다 겸손하게 사는 것이 더 성숙한 태도라고 말했을까요?

《호밀밭의 파수꾼》

J.D. 샐린저 | 미국

퇴학을 당하고 뉴욕 거리를 방황하는 소년 홀든의 시선을 통해, 기성세대의 위선과 순수의 상실을 그린 소설. "어디론가 떨어지려는 아이들을 붙잡아주는 파수꾼이 되고 싶다."는 소년의 고백을 통해 현대인의 소외와 진실한 소통에 대한 갈망을 투박하면서도 진솔하게 그려낸 작품.

083 나의 라임 오렌지 나무

사랑이 없는 삶은

아무런 의미가 없다는 걸 이제야 알았어요.

아저씨,

사랑은 사람을 죽이기도 하지만,

죽은 사람을 다시 살려낼 수도 있는 마법 같은 거예요.

문해력 질문　　주인공 제제가 깨달은 사랑의 양면성과 그 궁극적인 힘은 무엇인가요?

《나의 라임 오렌지 나무》

조제 마우루 드 바스콘셀로스 | 브라질
가난한 가정에서 매를 맞으며 자라면서도 상상력이 풍부한 소년 제제가 옆집 아저씨 '뽀르뚜가'와의 우정을 통해 사랑을 배우고 성장하는 과정을 그린 소설. 성장의 아픔과 상실의 고통 속에서 피어나는 순수한 인간애를 감동적으로 묘사하여 전 세계적인 사랑을 받은 작품이다.

가장 높이 나는 새가

가장 멀리 본다.

문해력 질문 이 글이 내포하는 의미는 무엇인가요?

《갈매기의 꿈》

리처드 바크 | 미국

먹이를 구하기 위해 나는 다른 갈매기들과 달리, 비행 그 자체의 즐거움과 완성을 위해 끊임없이 도전하는 갈매기 조나단 리빙스턴의 여정을 그린 우화 소설. 현실에 안주하지 않고 자아실현을 꿈꾸는 모든 이들에게 깊은 영감과 용기를 주는 작품이다.

085 참을 수 없는 존재의 가벼움

슬픔은 형식이 있고 행복은 형식이 없다.

행복은 가볍고,

슬픔은 우리를 대지에 단단히 붙들어 매어 준다.

슬픔의 대지 위에서만 인간은 형제다.

형식(形式): 겉으로 나타나는 모양이나 틀.

대지(大地): 넓고 큰 땅.

'슬픔은 형식이 있고, 행복은 형식이 없다.'는 말은 무슨 의미일까요?

《참을 수 없는 존재의 가벼움》

밀란 쿤데라 | 체코

"모든 것이 영원히 반복된다면 얼마나 무거울까?"라는 니체의 질문으로 시작하는 소설. 하지만 작가는 반
대로 "우리 인생은 단 한 번뿐이라서 먼지처럼 가볍다."고 말한다. 인생에 연습 게임이 없기에 생기는 허무
함과 그 가벼움을 견디지 못하는 인간들의 사랑과 고통을 그린 걸작이다.

　이제 긴 여정의 마지막 장에 다다랐습니다. 생각을 깨우고 마음을 적시며, 온기와 열정을 채워온 당신의 내면은 이제 그 무엇에도 쉽게 흔들리지 않는 단단한 지층을 형성했을 것입니다. 6장 '마음이 단단해지는 명문장'은 시련 속에서도 나를 잃지 않는 법, 그리고 끝내 스스로를 구원하는 인간의 위대한 의지를 만나는 시간입니다.

《데미안》은 우리에게 말합니다. "새는 알에서 나오려고 투쟁한다. 알은 세계이다." 내면이 단단해진다는 것은 단순히 단단한 벽을 쌓는 것이 아닙니다. 나를 가두고 있는 익숙한 세계를 끊임없이 깨뜨리고, 더 넓은 하늘로 날아오르는 치열한 투쟁을 멈추지 않는 것입니다. 그 고통스러운 껍질 깨기를 통해 우리는 비로소 진짜 '나'와 마주하게 됩니다.

《노인과 바다》의 노인은 거친 파도 속에서 우리에게 외칩니다. "인간은 패배하도록 만들어지지 않았다. 인간은 파괴될 수는 있어도 패배하지는 않는다." 삶의 무게가 우리를 짓누르고 때로는 소중한 것들을 파괴할지라도, 우리가 스스로 포기하지 않는 한 영혼의 승리는 오직 나의 것입니다. 이 단호한 문장은 당신의 마음속에 어떤 풍파도 뚫고 나갈 단단한 닻을 내려줄 것입니다.

　그리고 이 모든 여정의 마침표는 《제인 에어》의 몫입니다. "나는 새가 아니에요. 그 어떤 그물도 나를 잡을 수 없어요. 나는 독립적인 의지를 가진 자유로운 인간이에요."

주변의 상황에 발목 잡혔던 그 모든 시간은, 사실 이 힘찬 도약을 위한 '한 걸음 물러남'이었음을 우리는 이제 압니다. 그물을 찢고 날아오르는 제인의 고백처럼, 우리 모두는 누구의 소유도 아닌, 오직 나 자신의 의지로 살아가는 자유로운 인간입니다.

여러분이 이 문장들을 가슴 깊이 새기며, 삶이라는 위대한 소설의 주인공이 되어 신나게, 화려하게, 당당하게 나아가길, 두 손 모아 바랍니다.

새는 알에서 나오려고 투쟁한다.

알은 세계이다.

태어나려는 자는 하나의 세계를 깨뜨려야 한다.

새는 신에게로 날아간다.

그 신의 이름은 아브락사스다.

어휘 노트　투쟁(鬪爭)하다: 어떤 대상을 이기거나 극복하기 위해 싸우다. 여기서는 성장을 위한 치열한 자기 부정과 노력을 의미.
아브락사스(Abraxas): 선과 악, 신과 악마, 낮과 밤을 모두 아우르는 신적인 존재. 흑백 논리를 벗어난 통합된 자아를 상징.

문해력 질문　여러분을 둘러싼 '알'은 무엇일까요? 그것을 깨기 위해서는 어떤 용기가 필요할까요? 과거의 경험을 쓰셔도 좋습니다.

《데미안》

헤르만 헤세 | 독일

소년 에밀 싱클레어가 친구 데미안을 만나 정신적 성장을 이루어가는 과정을 그린 성장 소설. 선과 악, 빛과 어둠의 세계를 넘어서는 자아 발견의 이야기. 한 존재가 자신만의 세계를 깨고 나와 진정한 나를 찾아가는 치열한 여정을 상징적인 문체로 묘사하고 있다.

누구나 다 특권적인 존재다.

이 세상에 특권적이지 않은 사람은 아무도 없다.

사람들은 모두 다 사형 선고를 받은 것이다.

다만 그 집행 시기가 저마다 다를 뿐이다.

어휘 노트

특권(特權): 특별한 권리. 여기서는 죽음이라는 운명 앞에서 모두가 평등하게 직면한 실존적 조건을 역설적으로 표현함.

집행(執行): 실제로 시행함. 사형 선고가 내려진 뒤 실제 죽음에 이르는 순간을 의미함.

문해력 질문

"모든 사람은 사형 선고를 받았다."는 말의 근거는 무엇이며, 인간 사이의 유일한 차이점은 무엇인가요?

《이방인》

알베르 카뮈 | 프랑스
세상의 관습과 고정관념에 무관심한 주인공 뫼르소가 어머니의 죽음과 살인 사건을 겪으며 사형 선고를 받게 되는 과정을 그린 소설. 인간 존재의 근원적인 부조리와 허무를 건조하고 냉철한 문체로 그려낸 실존주의 문학의 걸작이다.

이처럼 음악 소리에 감동을 느끼는데도,
내가 벌레란 말인가?

어휘 노트 감동(感動): 크게 느끼어 마음이 움직임.

문해력 질문 이 문장에서 느껴지는 그레고르의 감정이나 생각은 어떠한가요?

《변신》

프란츠 카프카 | 체코
어느 날 아침, 평범한 영업 사원 그레고르 잠자가 거대한 벌레로 변해버린 사건을 통해 존재의 불안과 소외를 탐구한 현대 문학의 대표작. 벌레가 된 아들을 향한 가족들의 냉혹한 시선을 통해 자본주의 사회 속 인간관계의 허구성을 고발한다.

그 무렵 지구상에는 빈 공간들이 아주 많았다.

지도 위에서 특히나 매혹적으로 보이는 곳을 발견하면,

나는 손가락으로 그곳을 짚으며 말하곤 했다.

커서 꼭 저기에 갈 거야.

문해력 질문 지구상에 빈 공간들이 아주 많다는 것은 무슨 뜻일까요?

《암흑의 핵심》

조지프 콘래드 | 영국
템스 강에 정박한 배 위에서 한 선원이 들려주는 아프리카 콩고 강 여행 이야기. 제국주의와 인간 내면의 어둠을 탐구한 현대 문학의 고전으로, 문명의 탈을 쓴 야만성과 인간 내면의 심연을 강렬하게 드러낸 작품.

사랑을 받지 못하는 사람은

사랑을 받는 사람보다

더 많은 권리를 누릴 권리가 있다.

어휘 노트　권리(權利): 어떤 일을 행하거나 타인에 대하여 당연히 요구할 수 있는 힘이나 자격.

문해력 질문　화자는 왜 사랑을 받는 사람보다 사랑을 받지 못하는 사람이 더 많은 권리를 누려야 한다고 말할까요?

《인간의 굴레에서》

서머싯 몸 | 영국

삶의 고통과 사랑, 방황을 겪으며 인간의 자유를 모색하는 성장 소설. 허무와 부조리가 지배하는 세상 속에서 개인이 어떻게 자신만의 가치를 발견하고 진정한 자유에 이르는지를 인물들의 치열한 내면 묘사를 통해 담아낸다.

죽음은 우리 생에서 가장 마지막에 오는 것이 아니라,
살아 있는 한 언제나 우리 생의 한가운데 있다.

생의　한가운데

문해력 질문　죽음은 언제나 우리 생의 한가운데 있다는 말은 무엇을 의미할까요?

《생의 한가운데》

루이제 린저 | 독일
자유로운 삶을 추구하는 여성의 생을 통해 인간의 존재와 선택을 탐구한 소설. 안주하는 삶을 거부하고 끊임없이 부딪치며 자신만의 길을 개척해 나가는 한 인간의 강렬한 생명력을 언니의 관찰과 편지를 통해 담아낸다.

사람들은 대개 두 가지 헛된 믿음에 사로잡혀 있다.

하나는 기억이 끊임없이 이어진다는 믿음이고,

다른 하나는 실수를 바로잡을 수 있다는 믿음이다.

그러나 모든 것은 결국 잊히고,

이미 지나간 일은 되돌릴 수 없다.

과거를 고치려는 시도는 결국 망각에 기대는 일일 뿐이다.

누구도 이미 저지른 잘못을 바로잡을 수는 없지만,

우리는 모든 잘못이 언젠가는 사라질 것이라 믿으며 살아간다.

어휘 노트　　망각(忘却): 어떤 사실이나 사물을 기억하지 못하고 잊어버림.

문해력 질문　　우리는 왜 모든 잘못이 언젠가는 사라질 것이라 믿으며 살아갈까요?

《농담》

밀란 쿤데라 | 체코

한 청년이 연인에게 보낸 장난스러운 엽서 한 장이 국가 권력에 의해 반동으로 몰리며 삶이 송두리째 뒤바뀌는 과정을 그린 소설. 개인의 사소한 농담과 거대한 역사의 비극이 교차하는 지점을 통해 인간 존재의 허무와 복수의 무의미함을 탐구한다. 시대의 광기 속에서 파괴된 인간성과 뒤틀린 운명을 쿤데라 특유의 지적인 문체와 다층적인 구조로 담아낸 작품.

사람들은 자기들의 고통을 잘 알고 있다.

그러나 그 고통의 원인이 무엇인지를 아는 사람은 드물다.

이제 나는 그것을 알았다.

알게 된 이상,

나는 더 이상 예전처럼 두려움에 떨며 살 수는 없다.

화자는 고통을 아는 것과 그 고통의 원인을 아는 것 사이에 어떤 차이가 있다고 말하나요?

《어머니》

막심 고리키 | 러시아

평범하고 억압받던 어머니 '펠라게야 닐로브나'가 혁명가인 아들을 이해하고 돕는 과정을 통해 스스로 각성하며 민중의 어머니로 거듭나는 과정을 그린 소설. 러시아 리얼리즘 문학의 기념비적인 작품으로, 인간의 존엄성과 연대의 힘이 어떻게 세상을 바꾸는지 묵직하게 보여준다.

모든 사람이 입을 다물고 있을 때,
누군가는 말해야 한다.
비록 그 목소리가 작고 떨릴지라도,
진실은 침묵보다 강하다는 것을
우리는 믿는다.

문해력 질문 화자는 목소리가 '작고 떨릴지라도' 말해야 한다고 강조합니다. 그 이유는 무엇이며, 우리가 가져야 할 궁극적인 믿음은 무엇인가요?

《아무도 미워하지 않는 자의 죽음》

잉게 숄 | 독일
제2차 세계대전 당시 나치 정권의 폭압에 맞서 백장미단을 결성하고 저항하다 처형당한 한스 숄과 소피 숄
남매의 실화를 바탕으로 한 기록 문학. 죽음 앞에서도 굴하지 않았던 젊은이들의 양심과 용기를 통해 인간
존엄성의 가치를 증명한다.

모든 동물은 평등하다.

그러나 어떤 동물은 다른 동물보다 더 평등하다.

문해력 질문　더 평등하다는 말은 논리적으로 가능한 표현일까요? 이 문장이 숨기고 있는 진짜 의미는 무엇일까요?

《동물농장》

조지 오웰 | 영국

동물들이 인간을 몰아내고 스스로 농장을 운영하지만, 결국 권력의 부패를 겪게 되는 과정을 그린 풍자 우화. 전체주의 비판의 고전. 혁명의 이상이 어떻게 독재의 수단으로 전락하는지 동물들의 모습을 통해 날카롭게 고발하고 있다.

나는 더 나은 것을 보고 그것을 옳다 여기면서도,

더 나쁜 것을 따른다.

《변신 이야기》

오비디우스 | 고대 로마

우주 창조부터 율리우스 카이사르 시대까지, 신화 속 인물들이 겪는 250여 개의 변신 이야기를 담은 고대 로마의 대표적 서사시. 신과 인간의 사랑, 질투, 복수를 통해 만물이 끊임없이 변화하는 우주의 섭리를 유려한 문체로 묘사하고 있다.

097 사람은 무엇으로 사는가

사람은

자기 자신을 염려함으로써 사는 것이 아니라,

사랑으로 산다.

'자신을 염려한다'는 것은 무슨 뜻일까요?

《사람은 무엇으로 사는가》

레프 톨스토이 | 러시아

가난한 구두 수선공 세묜이 추위에 떨던 천사 미하일을 구하며 벌어지는 이야기를 담은 기독교적 인본주의 소설. 천사가 지상에서 마주한 세 가지 질문을 통해 인간의 마음속에 깃든 사랑의 본질과 삶을 지탱하는 진정한 힘이 무엇인지 보여주고 있다.

인간은 패배하도록 만들어지지 않았다.

인간은 파괴될 수는 있어도 패배하지는 않는다.

문해력 질문   파괴되는 것과 패배하는 것의 차이는 무엇일까요?

《노인과 바다》

어니스트 헤밍웨이 | 미국
쿠바의 노어부 산티아고가 바다 한가운데서 거대한 청새치와 사투를 벌이는 과정을 그린 소설. 인간의 불굴의 의지와 존엄을 간결하고 힘 있는 문체로 담아낸 작품으로, 삶의 한계 속에서도 포기하지 않는 인간 정신을 보여준다.

강물은 흐르고 별은 빛난다.

세상은 넓고 우리는 자유롭다.

신발을 벗어 던지고 맨발로 흙을 밟을 때,

비로소 진짜 삶이 시작된다.

문해력 질문 진짜 삶이 시작되기 위해 반드시 필요한 구체적인 행동은 무엇인가요?

《허클베리 핀의 모험》

마크 트웨인 | 미국

《톰 소여의 모험》의 속편. 떠돌이 소년 허클베리 핀이 도망친 흑인 노예 짐과 함께 뗏목을 타고 미시시피 강을 따라 여행하며 겪는 모험담. 미국 문학의 고전. 소년의 순수한 시선을 통해 당시 미국의 인종 차별과 위선적인 사회 규범을 날카롭게 풍자하고 있다.

나는 새가 아니에요.

그 어떤 그물도 나를 잡을 수 없어요.

나는 독립적인 의지를 가진

자유로운 인간이에요.

 1장에 나왔던 《제인 에어》의 첫 문장 중 '날씨 때문에 산보를 나갈 수 없던 제인'과, 지금 이 문장의 "나는 자유로운 인간이이에요."라고 선언하는 제인은 어떻게 달라 보이나요?

《제인 에어》

샬럿 브론테 | 영국

가난한 고아로 태어난 한 여성이 사회적 편견과 억압에 맞서며 자신의 존엄성을 지켜가는 과정을 그린 성장 소설. 소설의 첫머리부터 화자가 처한 황량한 환경을 감각적으로 묘사하며, 독자를 주인공의 고독한 내면 세계로 단숨에 끌어들이는 힘을 가진 작품이다.

PART 3

문해력 질문과 답

001   위대한 개츠비

문해력 질문   주변의 별난 사람들이 화자에게 자신의 비밀을 털어놓는 이유는 무엇일까요?

화자는 아버지의 조언을 따라 '판단을 유보하는 습관'을 가졌기 때문입니다. 남을 비판하기 전에 상대의 환경을 먼저 생각하라는 아버지의 조언은 화자를 열린 태도로 만들었습니다. 다른 사람을 쉽게 정죄하거나 판단하지 않는 태도 덕분에, 남다른 사연을 가진 사람들은 화자를 '자신을 이해해 줄 안전한 대상'으로 여겼고, 자연스럽게 속마음을 털어놓게 된 것입니다.

002   소나기

문해력 질문   이 글 전반에 흐르는 소년의 감정은 어떠한가요?

소녀에 대한 호기심과 호감, 수줍음, 소녀를 방해하고 싶지 않은 배려 등이 복합적으로 느껴집니다.

003   오만과 편견

문해력 질문 '재산이 많은 독신 남자에게 아내가 꼭 필요하다는 것은 누구나 인정하는 진리다.'는 어떤 의미일까요?

이 문장은 문학사에서 가장 유명한 반어법 중 하나입니다. 겉으로는 독신 남자에게 아내가 필요하다고 말하지만, 실제로는 '돈 많은 남자를 내 딸의 신랑감으로 잡고 싶어 하는 속물적인 욕망'을 비꼬는 것입니다. 마을 사람들에게 그 남자는 한 명의 인간이 아니라, 우리 집안을 일으켜 세워줄 하나의 재산일 뿐입니다.

004   운수 좋은 날

문해력 질문 아침부터 앞집 마님과 양복쟁이를 인력거 손님으로 맞아 운수가 좋아 보이는 날이지만, 사실 그날은 김 첨지에게 아주 불길하고 슬픈 날이 되고야 맙니다. 본문 중 김 첨지에게 안 좋은 일이 생길 거라는 징조를 알리는 부분은 어디일까요?

'새침하게 흐린 품이 눈이 올 듯하더니 눈은 아니 오고 얼다가 만 비가 추적추적 내리는 날'

005   노인과 바다

문해력 질문 글에서 느껴지는 노인의 현재 상황은 어떠한가요?

한마디로 희망이 보이지 않는 완전한 고립 상태입니다. 84일 동안 수확이 전혀 없었고, 주변 사람들에게 최악의 불운아로 여겨지며, 유일한 동료였던 소년마저 떠난 외로운 처지입니다. 그의 삶은 정체된 상태에 머물러 있는 듯 보입니다.

006　봄봄

 점순이의 키가 자라야 한다는 핑계를 대며 성례를 미루는 장인의 진짜 속셈은 무엇일까요?

사위인 '나'에게 돈을 주지 않고 부려 먹는 공짜 노동력을 최대한 오래 유지하기 위함입니다.

007　데미안

 화자가 말하는 두 개의 세계는 무엇을 의미할까요?

싱클레어에게 한 세계는 부모님의 온기 안에서 누리는 안전한 질서였고, 또 다른 세계는 그 담장 너머에서 유혹하는 거칠고 낯선 진실이었습니다. 그는 이 두 경계 (어스름한 골목)에 서서 비로소 성장을 시작합니다.

008　변신

 그레고르가 가장 먼저 인식한 자신의 변화는 무엇인가요?

단단한 등껍질, 갈라진 갈색 배, 그리고 가느다란 다리 등 변형된 신체의 모습입니다. 이는 그의 현실이 얼마나 급격하고 충격적으로 변했는지를 보여줍니다.

009   안나 카레니나

 왜 톨스토이는 행복한 가정은 비슷하고, 불행한 가정은 저마다 다르다

고 했을까요?

행복 가정의 기본 조건은 매우 상식적이고 뻔합니다. 경제적 안정, 부부간의 신뢰, 가족의 건강, 자녀의 안녕 등 이 모든 조건이 퍼즐처럼 맞아야 비로소 행복한 가정이라 할 수 있습니다. 그래서 행복한 집들의 모습은 서로 닮아 있습니다.

그러나 가정의 불행은 단 하나의 균열로도 충분히 가능합니다. 돈이 많아도 사랑이 없으면 불행하고, 사랑이 넘쳐도 누군가 아프면 고통스럽습니다. 모든 것이 완벽해 보여도 단 한 번의 외도로 집안이 무너질 수 있습니다. 이처럼 행복을 깨뜨리는 이유는 매우 다양하기에, 불행한 가정은 저마다의 다른 사연을 품게 되는 것입니다.

010   사람은 무엇으로 사는가

 이 글에서 어떤 대목이 구두 수선공의 가난을 가장 극명하게 보여주고

있나요?

'그마저도 부부가 함께 입어야만 했다.'는 대목입니다.

외투는 추위를 막아주는 생존의 도구입니다. 그런데 한 벌을 부부가 나누어 입어야 한다는 설정은, 한 사람이 밖을 나가면 다른 한 사람은 집 안에만 머물러야 한다는 가혹한 현실을 의미합니다. 2년 동안이나 가죽 살 돈을 모으지 못한 현실과 맞물려, 가난의 절박함을 매우 극적으로 보여줍니다.

011   호밀밭의 파수꾼

 화자 홀든이 자신의 출생이나 부모님의 과거 같은 구체적인 배경을 말

하고 싶어 하지 않는 이유는 무엇일까요?

그런 (전형적인) 이야기 방식이나 내용을 본인과 부모님 모두 싫어하기 때문입니다.

012   감자

 지금 당신이 마주한 복녀는 어떤 여인인가요? 빈민굴의 거친 '바람'에

휩쓸린 비극적인 여인인가요, 아니면 그 속에서도 '도덕'이라는 희미한

불빛을 지키려는 강인한 여인인가요? 당신의 눈에 비친 복녀의 모습과

그 이유를 자유롭게 써보세요.

이런 생각: 풍전등화의 향초 같은 여인

원래는 제법 괜찮은 향초였으나, 풍파에 시달리다 보니 어느새 풍전등화의 운명이

된, 불안한 여인으로 느껴집니다. 엄격한 규율이라는 향기를 품고 태어났지만, 빈

민굴이라는 거센 바람 앞에 막연한 자각과 저항만으로 버티고 있는 그녀의 모습

이 곧 꺼져버릴 촛불처럼 위태로워 보이기 때문입니다.

저런 생각: 경계선에 선 이방인 같은 여인

빈민굴의 바람에 익숙해진 듯하면서도 마음속으로는 도덕을 포기하지 못하는,

경계에 선 이방인 같습니다. 과거의 정결한 법도와 현재의 불결함 사이에서 갈등

하는 그녀의 저항이야말로, 인간으로서의 마지막 존엄을 증명하려는 몸부림처럼

느껴져 마음이 아픕니다.

013　싯다르타

 위 글에서 느껴지는 싯다르타의 성장 배경은 어떠한가요?

햇살과 응달이 조화롭게 어우러진 풍경처럼, 물질적 풍요와 정신적 가르침이 모두 갖춰진 안락하고 고요한 상태로 느껴집니다.

014　인간 실격

 화자는 왜 모든 흥미가 사라졌을까요?

세상을 향한 순수한 인식이 현실의 기능성과 충돌했기 때문입니다.

015　1984

 시계가 열세 번 울렸다는 사실은 이 소설 속 세상이 어떤 곳임을 암시하고 있나요?

우리가 상식으로 믿어온 자연스러운 질서와 체계가 무너진 세계임을 암시합니다.

016　수레바퀴 아래서

 요제프 기벤라트는 어떤 사람으로 보이나요?

이 질문에는 정해진 답이 없습니다. 다만 문단을 주의 깊게 읽으면 요제프가 여러 모순적인 모습을 가진 인물임을 알 수 있습니다.

종교 의례는 형식적으로 따르지만 진지하지 않고, 권위에는 순종하지만 진심은 아닙니다. 가난한 사람도, 부유한 사람도 경멸하며, 술은 마시지만 절대 취하지 않습니다. 문제를 일으키지만 법은 어기지 않네요. 한마디로 위선적이고 비겁하며, 철저히 계산적인 속물의 전형입니다.

017 동물농장

 닭장의 작은 구멍을 닫는 것을 깜빡한 결과, 어떤 일이 벌어질까요?

닭들이 닭장 밖으로 탈출, 무언가 수습하기 어려운 일이 벌어질 것 같은 예감이 듭니다.

018 B사감과 러브레터

 낮에는 엄격한 도덕주의와 독신주의를 고집하지만, 밤이면 왜곡된 성적 욕망을 분출하는 B 사감의 이중성을 극대화하기 위해 작가가 설정한 종교적 배경을 나타내는 단어는 무엇일까요? 본문에서 찾아 보세요.

'야소꾼'입니다.

019 죄와 벌

문해력 질문 청년은 왜 주인집 부엌을 지날 때마다 병적인 감각에 사로잡히며 눈살을 찌푸렸을까요?

비루한 가난이 자존심 강한 청년의 영혼을 잠식했기 때문입니다. 하숙비조차 내지 못하는 처지를 마주하는 괴로움이 단순한 미안함을 넘어, 스스로에 대한 혐오와 수치심으로 번지며 나타난 병적인 거부 반응인 것입니다.

020 고리오 영감

문해력 질문 30년 전부터 젊은 사람이 한 명도 보이지 않았다는 사실은 이 하숙집에 대해 무엇을 말해주나요?

하숙집이 활기를 잃고 쇠락했다는 것을 의미합니다. 40년 전 시작할 때는 젊은이들이 모여들던 곳이었지만, 지난 30년 동안 그들의 발길이 끊겼다는 것은 건물이 낡고 초라해졌음을 보여줍니다.

이제 이곳은 젊고 희망찬 이들이 거쳐 가는 정거장이 아니라, 갈 곳 없는 노인들이나 형편이 어려운 사람들이 생의 마지막 자락을 의지하는 정체된 공간이 된 것입니다.

021 허클베리 핀의 모험

  '나'는 누구일까요? 톰 소여일까요, 허클베리 핀일까요?

'나'는 허클베리 핀입니다. 이 소설의 주인공이자, 전작인《톰 소여의 모험》에서는
톰 소여의 가장 친한 친구로 등장했습니다.

022 폭풍의 언덕

  나는 왜 히스클리프를 왜 '멋진 친구'라고 생각하며 호감을 느꼈을까요?
그는 꽤나 경계심이 많은 듯한 사람인데 말입니다.

나 역시 사람들과 부대끼는 것을 싫어합니다. 그래서 외딴 이 시골까지 왔지요. 히
스클리프 씨가 나를 반갑게 맞이하지 않고 차갑게 대하는 모습에서, 오히려 동질
감을 느껴서 호감이 생겼을 거예요.

023 연인

  남자는 왜 여자의 매끈한 젊은 얼굴보다 주름진 얼굴이 더 아름답다고
말했을까요?

그날 남자는 여자를 처음 보았습니다. 그러나 오래전부터 알고 있었다고 말했습
니다. 그것은 매혹적인 거짓말이자 진실입니다. 여자가 살아온 시간과 삶의 흔적
이 얼굴에 고스란히 담겨 있기 때문입니다.
그는 깊게 패인 주름과 고독한 분위기 속에서 그녀가 지나온 세월을 직감적으로

읽어냈습니다. 그래서 젊은 날의 모습이 아니라, 그 모든 시간을 견디고 지금에 이른 존재 자체를 더 사랑스럽다고 느낀 것입니다.

024   다섯째 아이

 사람들은 왜 해리엇과 데이비드를 두고 '수준과 비위를 맞추기 어려운 사람들'이라고 평가했을까요?

그들이 자신들만의 가치관과 판단을 고집스럽다고 할 만큼 단호하게 옹호했기 때문입니다. 본문을 보면 두 사람은 남들의 시선이나 평가에 상관없이 "우리는 평범한 사람일 뿐"이라고 믿었으며, 자신들의 방식(절제나 예민함)이 비난받아서는 안 된다고 확신했습니다.

이처럼 남의 말에 휘둘리지 않고 자기들만의 세계가 뚜렷하다 보니, 주변 사람들 입장에서는 대화의 수준을 맞추거나 기분(비위)을 맞춰주기가 까다로운 인물들로 보였던 것입니다.

025   여름

 변호사 집에서 나온 젊은 여인의 앞날에 크고 작은 많은 일들이 벌어질 것을 암시하는 글귀는 무엇일까요?

"길은 로열 변호사의 집에서 시작해 교회 위쪽을 지나, 공동묘지를 둘러싼 검은 숲까지 이어져 있었다." 눈부신 6월의 햇살 아래 서 있지만, 그녀가 나아갈 길의 끝이 결국 공동묘지와 검은 숲이라는 사실은 앞으로 그녀가 마주할 가혹한 운명과 고통스러운 사건들을 상징적으로 암시합니다.

026　크리스마스 캐럴

 이 글의 화자는 누구일까요? (말리, 스크루지, 전지적 작가 시점)

전지적 작가 시점입니다.

027　농담

 화자는 왜 고향에서 감정이 메말랐을까요?

여러 해가 흐른 뒤 오래간만에 찾은 고향이라 정서적 고리가 약해졌기 때문입니다. 또한 과거 군사 거점이었던 고향에 대해 그리 좋지 못한 기억을 가지고 있는 점도 영향을 주었을 것입니다.

028　변신 이야기

 화자가 신들에게 도움을 청하는 이유는 무엇일까요?

세상이 처음 생겨난 때부터 지금까지의 변신 이야기를 온전히 풀어내는 것은 쉬운 일이 아닙니다. 그래서 작가는 신들에게 도움을 청합니다. 변신을 일으킨 장본인이 바로 신들이니까요.

029   날개

 주인공의 심리상태는 매우 복잡하고 복합적입니다. 그러한 것을 짐작할 수 있는 단어나 표현법을 찾아 보세요.

'박제가 되어 버린 천재' '유쾌하오' '피로했을 때만 정신이 은화처럼 맑소' '위트와 파라독스' '가공할 상식의 병'

030   지하생활자의 수기

 주인공은 스스로를 병적이고 심술궂으며 비호감인 인간이라고 소개합니다. 또한 의학과 의사를 존경하면서도 정작 치료는 받지 않는 모순된 태도를 보입니다. 당신이 본문에서 느낀 이 주인공은 과연 어떤 사람인가요?

자신의 본심을 감추기 위해 병과 미신이라는 가면을 쓴 방어적 인간이자, 합리적인 정답보다 자신의 비합리적인 고집을 더 소중히 여기는 지독한 자의식의 소유자입니다.

031   벙어리 삼룡이

 더러 행세한다는 사람들 중에서도 가장 여유 있는 생활을 하는 오생원. 소설의 제목과 간략한 소설 소개로 미루어보았을 때 오생원은 어떤 인물일까요?

재력과 위세를 앞세워 머슴 삼룡이를 비인격적으로 대하며 집안의 비극을 야기하는 가부장적인 주인입니다.

032   백년 동안의 고독

 주인공 부엔디아 대령이 죽음을 앞둔 절박한 순간에 하필 '얼음을 보러 갔던 기억'을 떠올린 이유는 무엇일까? 본문의 분위기를 바탕으로 추론해 보세요.

죽음이라는 끝의 지점에서, 모든 것이 처음 시작되었던 가장 눈부신 순간을 떠올린 것입니다. 얼음을 처음 본 날의 경이로운 기억은 대령의 인생과 마콘도라는 마을의 역사가 시작된 '태초의 순간'을 상징하기 때문입니다.

033   구운몽

 본문에서 형산의 위치와 주변 지형을 설명한 부분을 찾아 정리해 보세요. 형산은 어떤 곳들에 둘러싸여 있나요?

형산은 오악 중 세상에서 가장 멀리 떨어져 있으며, 남쪽으로는 구의산, 북쪽으로는 동정호가 있고 장강이 그 둘레를 감아 흐르는 곳입니다.

034   설국

 주인공이 '눈의 고장(설국)'에 들어왔음을 시각적으로 단번에 보여주는
대목은 어디인가요?

'밤의 밑바닥이 하얗게 떠올랐다.'는 대목입니다. 어두운 밤임에도 불구하고 땅에
쌓인 눈이 빛을 반사해 하얗게 떠오르는 모습에서 설국의 풍경을 강렬하게 체감
하게 합니다.

035   무진기행

 주인공이 무진에 처음 온 게 아니라는 걸 알려주는 부분은 어디일까요?

'그것은 옛날과 똑같은 모습으로 길가의 잡초 속에서 튀어나와 있었다.'
'옛날과 똑같은 모습'이라는 표현에서 주인공이 과거에도 이 길을 지나 무진에 왔
었다는 사실을 알 수 있습니다. 낯선 곳을 처음 방문하는 설렘이 아니라, 시간이
흘러도 변하지 않은 익숙한 대상을 다시 마주했을 때의 무심하면서도 묘한 감정
이 이 짧은 문장에 담겨 있습니다.

036   나르치스와 골드문트

 본문의 주인공은 무엇이라고 느껴지나요? '수도원'인가요, 아니면 '밤나
무'인가요? 그렇게 생각한 이유는 무엇인가요? 읽는 사람에 따라, 주인
공은 수도원이 될 수도 있고 밤나무가 될 수도 있습니다. 이 질문에서
중요한 것은 정답이 아닙니다. 왜 그게 주인공이라고 생각하는지, 그 이

이런 생각: 수도원이 주인공이다

'기둥이 떠받친 아치형 정문'이라는 묘사에서 느껴지는 엄격하고 단단한 질서에 압도됩니다. 밤나무는 그 정문에 바짝 붙어 서 있는 존재일 뿐이며, 결국 이 모든 풍경과 생명을 품고 있는 배경인 수도원이야말로 이 문장의 진짜 주인이라고 생각합니다.

저런 생각: 밤나무가 주인공이다

'바람을 받으면 잔잔히 술렁였다.'거나 '외로운 나무'라는 표현을 고려하면 주인공은 밤나무입니다. 딱딱한 건물들 사이에서 유일하게 살아 움직이며 계절을 알리고, 로마에서 온 순례자의 서사까지 품고 있는 밤나무야말로 이 정적인 풍경에 생명력을 불어넣는 주인공이라 생각합니다.

037 파리대왕

문해력 질문 소년의 옷차림과 몸 상태(스웨터, 셔츠, 머리카락 등)를 통해 알 수 있는 현장의 날씨와 소년이 처한 상황은 어떠한가요?

매우 덥고 습한 정글 지역에서 힘겨운 탈출이나 이동을 막 마친 긴박한 상황입니다. 본문을 보면 '셔츠는 땀에 젖어 몸에 바싹 달라붙어 있고' '머리카락은 풀칠을 한 듯 이마에 다닥다닥 붙어 있다.'는 묘사를 통해 현장의 온도가 매우 높음을 알 수 있습니다.

또한 '제복이었던 스웨터를 질질 끌고' 있거나 '정글을 헤치며 지나온 등 뒤에 흉터 같은 자국'이 남았다는 단서로 보아, 소년이 거친 자연 환경을 뚫고 급하게 도망치듯 이동해왔음을 짐작할 수 있습니다.

038　이방인

문해력 질문　모친의 사망 소식을 들은 주인공의 슬픔이 느껴지나요? 만약 느껴지지 않는다면, 어떤 대목 때문인가요?

슬픔이 느껴지지 않습니다. '어쩌면 어제'라고 말하며 어머니가 언제 죽었는지를 중요하게 여기지 않는 무심한 태도를 보이기 때문입니다.

039　모비딕

문해력 질문　주인공이 바다로 떠나는 진짜 이유는 무엇인가요?

육지에서의 지독한 우울과 자살 충동을 떨쳐내고, 멈춰 있던 삶의 의지(피)를 다시 순환시키기 위해서.

040　댈러웨이 부인

문해력 질문　댈러웨이 부인의 기분이 이토록 들뜬 이유는 무엇일까요?

상쾌한 아침 공기와 버튼에서의 어릴 적 기억이 겹치면서 생긴 감정입니다.

041 참을 수 없는 존재의 가벼움

 작가가 말하는 '이 우스꽝스러운 신화'가 가리키는 것은 무엇일까요?

니체의 '영원회귀 사상'을 가리킵니다. 단 한 번뿐인 인생을 사는 우리에게, 모든 일이 똑같이 무한히 반복된다는 니체의 생각은 현실적으로 불가능하고 기묘한 이야기처럼 느껴진다는 뜻입니다.

042 생의 한가운데

 니나의 성격을 보여주는 장면은 무엇인가요?

침을 뱉는 행동과 간섭을 거부하는 태도에서 드러납니다.

043 면도날

 작가가 소설의 전형적인 결말인 죽음이나 결혼을 거부하고, 아는 만큼만 쓰겠다고 강조한 이유는 무엇일까요?

픽션의 재미보다 논픽션의 진실 전달이 더 가치 있다고 여기기 때문입니다.

044 이선 프롬

 본문에는 직유법과 은유법이 많이 나와 문장이 아름답습니다. 읽으면서 특히, "아! 이 부분의 표현 참 좋다!"고 생각한 부분은 어디인가요? 그리고 왜 좋았을까요? 이 질문에서 중요한 것은 정답이 아닙니다. 당신의 감각을 깨운 그 표현이 무엇인지가 중요합니다.

이 질문에는 답이 없습니다. 여러분의 모든 생각이 다 정답입니다.

045   개를 데리고 다니는 여인

 주인공 구로프가 새로 도착하는 사람들에게 관심을 갖기 시작한 이유는 무엇일까요? 본문의 내용을 바탕으로 두 가지 근거를 찾아 보세요.

얄타에 온 지 보름이나 되어, 그곳 생활에 익숙해져서 주변을 돌아볼 여유가 생겼기 때문입니다.

046   코

 본문에 묘사된 젠치 스님의 코 모양을 머릿속으로 그려보세요. 이 코가 일반적인 사람의 코와 결정적으로 다른 점 두 가지는 무엇인가요?

첫째는 '길이'가 턱 아래까지 올 정도로 비정상적으로 길다는 것이고, 둘째는 '모양'이 위아래 굵기 변화 없이 마치 막대기가 매달려 있는 듯한 기이한 형태라는 점입니다.

047 두 도시 이야기

문해력 질문 작가가 말하는 18세기 프랑스 혁명기와 오늘날 우리 삶의 공통점은 무엇인가요?

최고의 시절인 동시에 최악의 시절이며, 희망의 봄인 동시에 절망의 겨울인 것처럼 극단적으로 대비되는 모습들이 공존한다는 점입니다.

048 게잡이 공선

문해력 질문 지옥 같은 노동 현장으로 떠나야 하는 어부들의 절박함과 무기력함을 시각적으로 나타내는 대목은 어디인가요?

'달팽이가 발돋움을 하는 것처럼 늘어져'

049 나는 고양이로소이다

문해력 질문 주인공 고양이는 인간을 처음 보았을 때 어떤 인상을 받았나요?

인간을 하나의 존엄한 존재가 아닌 '서생'이라는 부류로 분류하며, 그중에서도 가장 영악한 족속이라고 냉소적으로 평가하였습니다.

050 모래의 여자

문해력 질문 남자가 단순히 길을 잃은 것이 아니라, 사회적으로 완전히 '행방불명'되었음을 입증하는 대목은 어디인가요?

'수색 신청서도 신문 광고도 모두 헛수고였다.'는 부분입니다. 수색 신청서는 공권력과 관련되어 있으며 신문 광고는 대중적 노력을 의미합니다. 모든 방법을 동원했음에도 남자의 실종을 해결하지 못했음을 보여주며, 사회와의 연결고리가 완전히 끊어졌음을 의미합니다.

051   네루다의 우편 배달부

문해력 질문 마리오가 직업을 바꾸게 된 결정적인 하찮은 이유는 무엇이었나요?

동트기 전 일어나는 것도, 달콤한 꿈에서 깨어나는 것도 싫을 만큼 그 일에 정을 붙이지 못했기 때문입니다.

052   인간의 굴레에서

문해력 질문 이 장면이 암시하는 분위기는 무엇인가요?

차갑고 고요한 분위기를 통해, 다가올 사건의 무거움을 암시합니다.

053   롤리타

문해력 질문 주인공 스스로가 자신의 사랑이 잘못된 것이라는 걸 알고 있음을 보여주는 단어는 무엇인가요?

'나의 죄'

054 설득

문해력 질문 월터 엘리엇 경이 일상의 달갑지 않은 감정에서 벗어나 다시 우월감을 느끼게 되는 결정적인 '변곡점'은 무엇인가요?

자신의 가문과 조상들의 훌륭한 작위가 기록된 준남작 명부를 집어 들어 곰곰이 들여다보는 행위입니다. 현실의 빚이나 노화 같은 문제는 잊고, 가문의 역사라는 화려한 껍데기에 몰입하는 순간 감정이 경멸과 연민으로 역전된 것입니다.

055 제인 에어

문해력 질문 오전에는 잠시라도 관목 사이를 거닐 수 있었지만, 점심 무렵부터 날씨가 더 나빠져 밖에 나갈 수 없게 된 상황은 주인공의 앞날이 어떠할 것임을 암시할까요?

주인공인 '제인'이 앞으로 마주할 삶이 결코 순탄치 않을 것이며, 자신의 의지와 상관없이 외부의 압박(날씨=환경)에 의해 고립되고 억압받는 상황이 닥칠 것임을 예고합니다.

056   어린 왕자

문해력 질문 수많은 장미 중에서도 유독 내 장미가 소중한 이유는 무엇이며, '길들인다'는 행위에는 어떤 의무가 따르나요?

단순한 외형 때문이 아니라, 그 존재를 위해 정성을 다해 돌보고 마음을 쏟은 시간이 그 꽃을 특별하게 만들었기 때문입니다. 또한 누군가와 관계를 맺고 길들였다면, 그 존재에 대해 끝까지 마음을 다하는 책임이 뒤따릅니다.

057   빨간머리 앤

문해력 질문 모든 것을 다 알고 있는 것보다 알아낼 것이 더 많은 상태가 더 좋다는 건 어떤 의미일까요?

모든 결과를 미리 안다면 삶은 예측 가능한 지루함에 빠지겠지만, 모르는 것을 발견해 나가는 과정 속에는 무궁무진한 상상력과 기대감이 있어 삶을 즐겁게 만들기 때문입니다.

058   아낌없이 주는 나무

문해력 질문 당신에게 아낌없이 주는 나무 같은 존재는 누구인가요? 그 이유는 무엇인가요?

이 질문에는 정답이 없습니다. 당신과 당신의 사람들 모두가 정답입니다.

059 키다리 아저씨

문해력 질문 화자가 생각하는 행복의 비결은 무엇이며, 우리가 시간을 낭비하게 만드는 두 가지 요소는 무엇인가요?

현재를 사는 게, 행복의 비결입니다. 지난 과거를 후회하거나 아직 오지 않은 미래 일을 걱정하는 건, 우리 인생의 중요한 시간을 낭비하는 일입니다.

060 비밀의 화원

문해력 질문 마법은 언제 일어나나요?

마음의 문을 열면 마법이 일어나지요. 마법이 일어나면 시든 꽃도 다시 피고 죽은 것 같던 나무에도 새싹이 돋아나지요.

061 작은 아씨들

문해력 질문 화자가 폭풍 앞에서도 두려워하지 않을 수 있는 근거는 무엇인가요?

닥쳐온 시련 자체에 매몰되기보다, 그 고난을 헤쳐 나가는 방법을 스스로 터득하고 성장하는 과정에 집중하고 있기 때문입니다. 삶의 주도권을 쥐기 위한 배움의 자세가 두려움을 이기는 힘이 됩니다.

062 꽃들에게 희망을

문해력 질문 작가는 '기다림'을 가장 치열하게 변하고 있는 시간이라고 했습니다. 나비가 되기 위해 치열하게 변하고 있는 애벌레의 모습을 눈을 감고 3초만 상상해 보세요. 이 또한 기다림 아닐까요?

당신의 눈빛과 손끝 움직임과 호흡이 정답입니다.

063 이상한 나라의 앨리스

문해력 질문 글에서 말하는 '소용없는 일'은 무엇이고 그 이유는 무엇인가요?

어제의 일을 말하는 것입니다. 단지 어제뿐만 아니라 과거의 일과 과거의 나, 과거의 시간을 탓하며 과거에 발목잡혀서 앞으로 나아가지 못하는 것은 너무나 가치없는 일입니다. 과거보다는 오늘과 내일이 더 중요하다는 걸, 마음에 새겨야 합니다.

064 소공녀

문해력 질문 '공주처럼 행동한다'는 것의 참된 의미는 무엇이며, 화자는 행복의 근원을 어디에서 찾고 있나요?

겉모습이 초라해지거나 힘든 상황에 놓이더라도 스스로를 귀하게 여기는 마음가짐을 잃지 않고, 품위 있고 당당하게 행동하는 주체적인 태도를 의미합니다. 세라는 행복의 근원을 타인의 시선이나 물질적 풍요가 아닌 자신의 고귀한 마음 안에서 찾고 있습니다.

065   꿀벌 마야의 모험

 화자가 살아 있다는 것을 너무나 멋진 일이라고 감탄하게 된 배경에는 어떤 것이 있었나요?

온 세상의 햇빛과 그 반짝임을 온전히 마주한 것.

066   버드나무에 부는 바람

 화자는 왜 그저 흐르는 물을 바라보는 것이 세상에서 가장 즐거운 일이라고 말한 걸까요?

강물은 억지로 애쓰지 않아도 스스로 흘러가며 만물을 적십니다. 그 평화로운 흐름을 가만히 지켜보는 행위는, 바쁜 일상과 소란스러운 마음을 내려놓고 자연과 하나가 되어 진정한 쉼과 존재의 기쁨을 누리는 최고의 휴식이기 때문입니다.

067   사랑의 학교

문해력 질문 화자는 왜 우리가 서로를 향해 웃어주는 순간을 '천국'이라고 표현했을
까요?

거창한 업적이나 물질적 풍요보다도, 사람과 사람 사이의 따뜻한 교감과 미소가
우리 삶을 가장 평온하고 행복하게 만드는 진정한 가치이기 때문입니다. 작은 선
의가 모여 우리 삶 전체를 풍요롭게 함을 강조합니다.

068   안네의 일기

문해력 질문 안네가 극한의 공포와 고립 속에서도 사람의 선함을 믿는다고 말한 이
유는 무엇이며, 이 문장이 우리에게 주는 위로는 무엇인가요?

비록 겉으로는 잔인한 현실이 몰아치더라도, 인간의 본성 밑바닥에는 사랑과 양
심이 숨 쉬고 있다는 강력한 희망을 포기하지 않았기 때문입니다. 이는 절망적인
상황에 처한 사람들에게 환경보다 강한 내면의 빛이 있음을 일깨워주는 커다란
위로가 됩니다.

069   작은 집

문해력 질문 작가는 왜 사랑이 가득한 집의 등불은 깊은 밤에도 꺼지지 않는다고 표
현했을까요?

물리적인 불빛을 넘어, 가족 간의 깊은 신뢰와 사랑은 삶의 가장 어둡고 힘든 순
간(깊은 밤)에도 우리를 지탱해 주고 길을 안내해 주는 변함없는 희망의 등대 역
할을 하기 때문입니다.

070   좁은 문

 떨어져 있어 외롭지만, 그 외로움이 오히려 서로를 가득 채우고 살아가게 하는 관계가 있습니다. 당신에게 그런 사람이 있나요? 있다면 누구인가? 영화나 드라마 속에서 답을 찾아도 좋습니다.

드라마 〈도깨비〉의 김신에게는 900년의 고독을 견디게 한 '도깨비 신부'가 있었고, 영화 〈캐스트 어웨이〉의 놀랜드에게는 무인도의 절망을 이기게 한 배구공 '윌슨'이 있었습니다.

나에게는 삶의 나침반이 되어 가야 할 길을 일러주는 '내 엄마'가 있습니다. 그리고 종종 해야 할 일과 하지 말아야 할 일의 판단 기준이 되어주는 '내 아들'도 있지요. 여러분에게도 분명 있을 것입니다. 곁에 있든 없든, 생각만으로도 나를 바로 세워주는 존재들. 그들은 단순한 그리움이 아니라 우리를 살게 하는 힘이자 사랑입니다.

5장. 열정을 더하는 뜨거운 명문장

071   젊은 베르테르의 슬픔

 그(베르테르)의 사랑은 기쁨인 동시에 왜 고통일까요?

사랑은 나를 살게 하는 기쁨이지만, 그 사랑에 압도되어 나를 완전히 잃어버리는 순간 고통이 시작되기 때문입니다.

072 오만과 편견

 편견과 오만은 각각 나 자신과 상대방에게 어떤 영향을 미칠까요?

편견은 나의 눈을 가리고, 오만은 상대의 마음을 닫게 합니다.

내가 가진 편견은 상대의 진면목을 보지 못하게 가로막아 사랑할 기회조차 빼앗아 버립니다. 반대로 나의 오만한 태도는 상대방이 나에게 다가올 수 없게 만드는 높은 벽이 됩니다. 결국 진정한 관계를 맺기 위해서는 내 안의 편견을 깨고, 상대 앞에서의 오만함을 내려놓아야 한다는 뜻입니다.

073 달과 6펜스

 '6펜스짜리 은화'와 '하늘에 떠 있는 달'은 각각 우리 삶에서 무엇을 대조적으로 상징하고 있나요?

'6펜스짜리 은화'는 눈앞의 이익이나 세속적인 욕망을 의미하며, '달'은 인간이 지향해야 할 고귀한 예술적 이상이나 영혼의 자유를 상징합니다.

074 그리스인 조르바

 진정한 자유는 어떤 상태에서 이루어질까요?

바라는 것(욕망)과 두려운 것(공포)으로부터 온전히 벗어났을 때 진정한 자유에
도달합니다.

075   메밀꽃 필 무렵

 작가는 메밀꽃이 핀 밤의 풍경을 무엇에 비유하여 표현하고 있으며, 그
풍경이 관찰자에게 주는 시각적 압박감은 어느 정도인가요?

하얗게 피어난 메밀꽃을 '소금을 뿌린 듯'하다고 비유하고 있습니다. 또한 그 풍경
이 너무나 아름답고 강렬하여 '숨이 막힐 지경'이라고 표현하며 압도적인 시각적
감흥을 드러내고 있습니다.

076   주홍글씨

 화자는 가슴 위의 '붉은 글씨'가 그녀에게 어떤 상반된 두 가지 의미를
준다고 말하고 있나요?

사회적 형벌이자 고통을 상징하는 타오르는 불꽃인 동시에, 오히려 세상의 위선
과 굴레에서 벗어나게 하는 자유의 상징입니다.

077   무진기행

 화자는 왜 안개를 적군이나 죽은 이들의 넋에 비유했을까요?

안개가 단순한 풍경이 아니라, 사람을 고립시키고 현실을 흐릿하게 만드는 힘을 지녔음을 강조하기 위해서입니다. 무진이라는 공간이 가진 허무와 폐쇄성을 상징적으로 보여줍니다.

078   안나 카레니나

 그 사람의 전부를 있는 그대로 사랑하는 것의 의미는 무엇일까요?

상대의 부족함까지 포용하는 것, 그에게 나의 환상을 투사하지 않는 것, 상대를 내 입맛에 맞게 바꾸려는 오만을 내려놓는 것을 의미합니다.

079   부활

 화자가 인간이 다른 인간을 처벌하거나 교정할 수 없다고 단언한 근거는 무엇인가요?

모든 인간은 누구나 죄를 지은 존재이기 때문입니다. 완벽하지 않은 존재가 다른 존재를 심판할 자격이 없다는 겸허한 성찰이 바탕에 있습니다.

080   전쟁과 평화

 왜 이해는 용서로 이어질 수 있는 걸까요?

그 사람이 그렇게 행동할 수밖에 없었던 사정과 배경을 알게 되면, 미움보다 연민이 앞서기 때문입니다.

081   싯다르타

 왜 지식과 달리 지혜는 다른 사람이 대신 전해줄 수 없는 것일까요?

지식은 정보이기 때문에 전달될 수 있지만, 지혜는 자신의 삶에서 직접 부딪히고 고민하며 스스로 깨달아야만 하는 것이기 때문입니다. 타인의 지혜는 온전히 내 것이 될 수 없습니다.

082   호밀밭의 파수꾼

 화자는 왜 고귀하게 죽는 것보다 겸손하게 사는 것이 더 성숙한 태도라고 말했을까요?

멋지게 한 번 죽는 것보다, 힘든 하루하루를 버텨내는 일이 더 어렵고 가치 있기 때문입니다.

소설의 주인공인 열여섯 살 홀든은 세상이 가짜라고 여기며 분노하고 스스로를 망가뜨립니다. 하지만 진짜 성숙이란, 그런 세상 속에서도 도망치지 않고 자신의 자리를 지키며 살아가는 데 있다는 점을 보여줍니다.

083   나의 라임 오렌지 나무

문해력 질문 주인공 제제가 깨달은 사랑의 양면성과 그 궁극적인 힘은 무엇인가요?

사랑은 상실을 통해 사람을 죽을 만큼 고통스럽게 만들기도 하지만, 반대로 절망에 빠진 사람을 다시 일으켜 세우고 삶의 의미를 찾게 하는 강력한 생명력을 가지고 있다는 것입니다.

084 갈매기의 꿈

문해력 질문 이 글이 내포하는 의미는 무엇인가요?

무언가를 얻으려 한다면, 노력을 해야 한다는 것입니다. 세상에 공짜는 없으며, 노력 없이 얻으려는 마음은 도둑놈 심보에 가깝습니다.

085 참을 수 없는 존재의 가벼움

문해력 질문 '슬픔은 형식이 있고, 행복은 형식이 없다.'는 말은 무슨 의미일까요?

누구는 일이 잘 풀려 행복하고, 누구는 돈이 많아서 행복하고, 다른 이는 사랑하는 사람들과 함께 해서 행복합니다. 즉 행복의 이유는 저마다 달라 형식이 없습니다. 그러나 슬픔은 죽음이나 이별, 좌절과 상실 등 누구나 이해 가능한 모습을 가집니다. 이런 슬픔의 본질로 인해 서로를 이해하고 공감하고 위로하는 것이겠지요.

086   데미안

문해력 질문 여러분을 둘러싼 '알'은 무엇일까요? 그것을 깨기 위해서는 어떤 용기가 필요할까요? 과거의 경험을 쓰셔도 좋습니다.

정답은 없습니다. 여러분의 모든 생각과 경험이 답입니다.

087   이방인

문해력 질문 '모든 사람은 사형 선고를 받았다.'는 말의 근거는 무엇이며, 인간 사이의 유일한 차이점은 무엇인가요?

모든 인간은 결국 죽음을 피할 수 없는 유한한 존재이기 때문입니다. 인간 사이의 유일한 차이는 그 죽음이 찾아오는 '시기'가 저마다 다를 뿐이라는 사실입니다.

088   변신

문해력 질문 이 문장에서 느껴지는 그레고르의 감정이나 생각은 어떠한가요?

겉모습은 벌레로 변했지만, 음악에 감동하는 자신의 인간적인 감각이 여전히 살아 있음을 확인하고 싶은 절박함이 느껴집니다. 동시에 인간으로 인정받지 못하는 현실에 대한 슬픔도 담겨 있습니다.

089　암흑의 핵심

　지구상에 빈 공간들이 아주 많다는 것은 무슨 뜻일까요?

지도 위에 이름이나 지형이 그려져 있지 않은, 인간의 발길이 닿지 않은 미지의 세계가 많았다는 뜻입니다.

090　인간의 굴레에서

　화자는 왜 사랑을 받는 사람보다 사랑을 받지 못하는 사람이 더 많은 권리를 누려야 한다고 말할까요?

사랑의 관계에서는 덜 사랑하는 쪽이 주도권을 갖는 경우가 많기 때문입니다. 사랑을 받지 못하는 사람은 그 결핍을 보상받고자 하는 마음에서 더 많은 이해와 배려를 원하게 됩니다.

091　생의 한가운데

　죽음은 언제나 우리 생의 한가운데 있다는 말은 무엇을 의미할까요?

죽음을 먼 미래가 아닌 현재의 가능성으로 인식하라는 뜻입니다. 그렇게 생각할 때 우리는 지금 이 순간을 더 소중히 여기고, 보다 진실하게 살아갈 수 있습니다.

092   농담

   우리는 왜 모든 잘못이 언젠가는 사라질 것이라 믿으며 살아갈까요?

그렇게 믿지 않으면 과거에 붙잡혀 앞으로 나아갈 수 없기 때문입니다. 망각은 인간이 삶을 견디기 위해 갖게 된 하나의 방어 기제이기도 합니다.

093   어머니

   화자는 고통을 아는 것과 그 고통의 원인을 아는 것 사이에 어떤 차이가 있다고 말하나요?

단순히 고통을 느끼는 단계에서는 두려움에 떨며 수동적으로 살게 되지만, 고통의 근본 원인을 깨닫게 되면 그 두려움을 극복하고 주체적으로 변화할 수 있는 힘을 얻게 됩니다.

094   아무도 미워하지 않는 자의 죽음

   화자는 목소리가 '작고 떨릴지라도' 말해야 한다고 강조합니다. 그 이유는 무엇이며, 우리가 가져야 할 궁극적인 믿음은 무엇인가요?

두려워서 목소리가 떨릴 수 있지만, 진실을 외치는 작은 용기가 세상을 바꿀 수 있습니다. 우리가 가져야 할 믿음은 '진실이 침묵보다 강하다'는 사실입니다.

095 동물농장

 더 평등하다는 말은 논리적으로 가능한 표현일까요? 이 문장이 숨기고 있는 진짜 의미는 무엇일까요?

평등은 모두가 똑같아야 하는 절대적 개념이기에 '더'라는 비교급이 붙을 수 없습니다. '더 평등'은 결국 차별입니다.

모든 동물은 평등하다고 하지만, 속내는 평등이라는 단어를 빌려 특정 계층의 특혜와 차별을 정당화하는 것입니다.

096 변신 이야기

 무엇이 옳고 좋은지 알면서도, 왜 우리는 종종 더 나쁜 것을 선택하게 될까요?

욕심 때문입니다. 그 욕심은 아마도 미련한 것일 테지만 말입니다. 머리로는 무엇이 옳은지 알면서도, 마음속에 남은 미련한 욕심이 우리의 밑바닥을 흔들어 결국 더 나쁜 선택을 하게 만듭니다. 작가는 이 고백을 통해 신의 섭리만큼이나 통제하기 어려운 인간 내면의 모순과 욕망을 보여주고 있습니다.

097 사람은 무엇으로 사는가

 '자신을 염려한다'는 것은 무슨 뜻일까요?

자신을 염려하는 것은 오직 자신의 안위와 이익만을 계산하며 매달리는 상태를 뜻합니다. 염려는 인간의 한계입니다. 아무리 자기 앞날을 걱정하고 계획해도 인간은 당장 한 치 앞도 알 수 없는 존재이기 때문입니다. 작가는 우리를 진정으로 살게 하는 것은 이런 한계를 넘어선 타인을 향한 사랑이라는 메시지를 전하고 있습니다.

098   노인과 바다

 파괴되는 것과 패배하는 것의 차이는 무엇일까요?

육체적인 소멸과 정신적인 굴복의 차이를 의미합니다.

고통과 시련, 심지어 죽음조차 인간의 육신을 파괴할 수는 있습니다. 하지만 인간이 스스로 자신의 신념과 투쟁을 포기하지 않는 한, 그 정신만큼은 결코 패배하지 않습니다. 노인은 비록 고기를 상어 떼에게 모두 빼앗기고 빈손으로 돌아왔을지라도, 끝까지 포기하지 않았기에 패배한 것은 아닙니다.

099   허클베리 핀의 모험

 진짜 삶이 시작되기 위해 반드시 필요한 구체적인 행동은 무엇인가요?

'신발을 벗어 던지고 맨발로 흙을 밟는 행위' 입니다.

100   제인 에어

 1장에 나왔던 《제인 에어》의 첫 문장 중 "날씨 때문에 산보를 나갈 수 없던 제인"과, 지금 이 문장의 "나는 자유로운 인간이이에요."라고 선언하는 제인은 어떻게 달라 보이나요?

제1장의 제인이 날씨라는 외부 환경에 의해 자신의 행동을 제약받던 수동적인 존재였다면, 지금의 제인은 그 어떤 사회적 그물도 자신을 가둘 수 없다고 외치는 주체적인 존재로 성장했습니다.

처음엔 '나갈 수 없다.'며 멈춰 섰던 그녀가 이제는 '나를 잡을 수 없다.'고 선언합니다. 외부의 압박은 여전하지만, 그것을 받아들이는 제인의 의지가 바뀌었음을 알 수 있습니다.

자유롭게 필사해 보세요.

자유롭게 필사해 보세요.

자유롭게 필사해 보세요.

자유롭게 필사해 보세요.

자유롭게 필사해 보세요.

자유롭게 필사해 보세요.